京味经典

刘一达 ◎ 著

李滨声 ◎ 绘图

道北京

DAO

BEI

JING

人民出版社

出　　品：图典分社

策划编辑：刘志宏

责任编辑：刘志宏

封面设计：李尘工作室

版式设计：王　婷

责任校对：孙寒霜

责任印制：孙亚澎

图书在版编目（CIP）数据

道北京 / 刘一达 著；李滨声 绘图 . —北京：人民出版社，2018.10
（2020.6 重印）

ISBN 978 - 7 - 01 - 019573 - 5

I. ①道… 　II. ①刘… ②李… 　III. ①随笔 – 作品集 – 中国 – 当代
　IV. ① I267.1

中国版本图书馆 CIP 数据核字（2018）第 165286 号

道　北　京
DAO　BEIJING

刘一达　著　李滨声　绘图

人民出版社 出版发行
（100706　北京市东城区隆福寺街 99 号）

北京尚唐印刷包装有限公司印刷　新华书店经销

2018 年 10 月第 1 版　2020 年 6 月北京第 3 次印刷
开本：880 毫米 × 1230 毫米 1/32　印张：10.5
字数：222 千字

ISBN 978 - 7 - 01 - 019573 - 5　定价：50.00 元

邮购地址 100706　北京市东城区隆福寺街 99 号
人民东方图书销售中心　电话（010）65250042　65289539

自　序

《道北京》与"到北京"。

《道北京》是书名，"到北京"是带引号的到北京。

什么意思呢？二者有"互动"，如同您往护城河里扔块石头，必然会溅起浪花；又如同您在天坛回音壁喊一嗓子，必有回声。

先说道是什么"道"？

道，是说道的"道"；是娓娓道来的"道"；是我写了，您看了，就知道了的"道"。

"道"的是什么？

都是老北京的事儿，无非是历史人文，城市风貌，风土民情，轶闻掌故，等等。

但同样是这个"道"字，谁来"道"？怎么"道"？"道"深"道"浅？能"道"出什么"味道"？却大不一样。

您看了这本《道北京》，便会感到：此"道"非它"道"；此"味"非别"味"。

此道为何"道"？刘一达的"道"。

此味为何"味"？地道的京味儿！

不信，您翻书细品，看能不能品出爆肚儿、焦圈儿、豆汁儿、二锅头味儿来？

接着再说"到"。

到是什么"到"？是想到北京的"到"；是到了北京的"到"；是到过北京，但到了儿也没真正了解北京的"到"。

"到"为什么要带引号呢？

因为中国人都向往首都，假如有的青少年朋友没到过北京，但特想到北京看看。那么，您看了这本《道北京》，就如同您到了北京一样，对北京的历史和今天有所认知。

又假如您到过北京，但来去匆匆，走马观花，并没看全北京，更没看明白北京。别急，看这本《道北京》，如同您又回到了北京，作者带您在北京再多转几圈儿，加深对北京的认识。

再假如您是北京生北京长的"土著"，但有些老北京的事儿您知之不多，或是知其然而不知其所以然。也别急，您看了这本《道北京》，就如同作者带着您穿越时空，回到了一百多年前的老北京城，悠闲地溜达一趟。

北京是六朝古都，也是新中国的首都。改革开放以后，随着北京老城的改造与现代化建设的发展，京城已发生了翻天覆地的变化。悠悠岁月，古都的风貌依然可觅，但古都的风情却物是人非，老北京的味道越来越淡了。

老北京，是生于斯长于斯的老北京人的根，也是生于斯长于斯的新北京人的脉。有根才有脉，有脉才有魂。了解老北京，才能热爱新北京。

京味儿，也是中华民族优秀的传统文化。只有认识京味儿，才能传承京味儿。从这个意义上说，《道北京》无疑是值得阅读和收藏的京味儿读本。

也许看了《道北京》，您才会知道自己到没到过北京。

以上是为序。

刘一达

2018 年 7 月 4 日

于北京　如一斋

出版前言

　　本书是一本有图有文的京味儿随笔集。书中的随笔由当代著名京味儿作家刘一达先生撰写。全书分为"含英咀华""悠悠岁月""有典有故"三部分，共 32 篇文章。文章充分体现刘一达的京味儿语言风格，表现出他对北京人文历史的独到观察和解析力。文章虽均不很长，但娓娓道来，张合有致，以随笔和纪实的方式，比较系统地梳理了北京的人文历史，介绍了古都的风貌，细致地描述京城的风土民情，表达了他对北京这座历史文化名城变迁的思考，以及对这座城市的热爱。

　　同时，本书中配有多幅当代著名的漫画家李滨声先生绘制的情景插图，图文并茂，寓情于景，精美彩色印刷，有收藏价值。

人民出版社

2018 年 10 月

第一辑　含英咀华

第二辑　悠悠岁月

第一辑　含英咀华

北京的城门

北京城是方方正正的，从地图上看，它的布局像个棋盘。

跟一位漫游世界的法国朋友聊天。他告诉我说，世界上像北京城设计得这么规整的城市还没见过。

我有个舅舅，原来在天津的一所中学工作。每年暑假我去看他，出了火车站，我一准儿转向。因为那些街道都是斜的，走着走着，又回到老地方。

可是外地人到北京，迷路的时候就少得多，因为北京的街道，基本上都是正南正北的，不会让您多绕弯儿。

当然，北京城已经发展得很大了，这儿跟您聊的还是老城。用现在的话叫中央政务区，或中心城区。

现在我们看到的中央政务区，大体上说是老北京城的内城和外城。城的布局，还是明代留下来的，所以非常周正，讲究对称。

中国古代建城的布局，都来自于《周礼·考工记》。首先要求选择城市的中心点，然后设置中心线，再按"前朝后市，左祖右社"的规矩来布局。

明代的北京城也是按这个规矩来设计的。首先确定的是从永定门到钟楼、鼓楼的中轴线，然后设置"朝"。所谓"朝"，就是朝廷、皇宫，即紫禁城，也就是现在的故宫。

有了前"朝"，就要有后"市"。明代北京城最大的市场，是在鼓楼的前边，也就是紫禁城的后面（北面）。老北京对繁华的闹市有句顺口溜儿：东单西四鼓楼前。

左"祖"，指的是皇家的祖庙，就是太庙，也就是现在的劳动人民文化宫。右"社"，指的是社稷坛，也就是现在的中山公园。

这就是老北京城的基本"骨架"。按照《周易》的学说，城市所有建筑都要按"五行""八卦"来布局。

"五行"金、木、水、火、土，在城市的不同方位，要设置"镇物"。这五大"镇物"分别是：

金位在西部，标志物是大钟寺（觉生寺）的大钟。此钟以铜铸为主，又叫永乐大钟，重 46 吨，被誉为"钟王"。您可以随时参观。

北面是水位，在颐和园的昆明湖东岸设有一尊铜牛。这头牛现在依然安卧，成为颐和园的一景。

南面为火，在永定门外筑有"燕墩"。墩前，有乾隆御笔题诗的高大石碑，依然还在。

东面属木，在广渠门附近立有两丈高的楠木杆，号称"神木"，现在楠木杆早已不在，但留下了地名。

中间是土位，在景山建有"镇山"，即万岁山，景山之名就是由此而来。

按《周易》学说，内外城的所有建筑都是相对应的，以城门来说，每个城门也都是相对应的。

明清的北京，分为四重城。最里边的是紫禁城，有四个城门，即：东华门、西华门、午门、神武门。

紫禁城外面是皇城，有四个城门，即：东安门、西安门、天安门、地安门。

皇城的外面是内城，有九个城门，即：正阳门、崇文门、宣武门、阜成门、西直门、德胜门、安定门、东直门、朝阳门。

内城外面是外城。外城是明朝嘉靖年间，为防范蒙古的瓦剌军队的侵扰而建，但当时国力有限，只建了一半就没钱，建不下去了，所以才形成现在能看到的半个外城的格局，即有南边的，没有北边的。

外城有七个城门，即：永定门、右安门、广安门、西便门、东便门、广渠门、左安门。

关于老北京的城门，您记住一句顺口溜儿就行了，即"里九外七皇城四，九门八点一口钟。"

您看这些城门是不是都是对应的？有天安门，就有地安门；有宣武，就有崇文；有右安，就有左安；有广渠，就有广安；德胜了，自然要安定；朝阳了，就得阜成；东边有东直门，西边就有西直门；东边有东便门，西边就有西便门。

除了城门之外，其他建筑或街道的布局也是对应的，南边的天坛对应的是北边的地坛；东边的日坛，必须对应西边的月坛。

街道也如是，有西单牌楼，就有东单牌楼；有南小街，就有北小街；东四有猪市大街，西四就来个羊市大街；南城有花市，北城就有灯市。

紫禁城内的建筑尤其重对称。您逛故宫的时候，就会发现，中间是太和、中和、保和三大殿。两边儿呢，东边有文华殿，西边就有武英殿；东边有体仁阁，西边就有弘义阁；东边是日精门，西边是月华门。对得多妙呀！

说到北京的城门，您会问：为什么叫"九门八点一口钟"呢？这"点"是什么呢？

据《现代汉语词典》的解释，"点，铁制的响器，挂起来敲，用来报告时间或召集群众。"我们平时说几点钟了，这个点就是从这儿来的。

老北京几乎没有钟表，靠什么来报时辰？就是各个城门楼子上的点。那会儿，每个城门楼子上专门有人看点，叫"值更的"。到整时辰，就敲点，全城的老百姓都能听到，按时作息。

我记得我小时候，北京的电报大楼（位于长安街上西单十字路口东）也是按时报点的，住在附近的居民家里可以不备钟表，电报大楼到点就播《东方红》的乐曲，然后打点。

那为什么只有一个城门楼子不打点要敲钟呢？它是哪个城门楼子呢？

这个不打点的城门楼子就是崇文门。崇文门，原来叫哈德门，这是个蒙语。相传崇文门下边，压着一个海兽，这个海兽只要一出来，北京城就会成为一片汪洋大海。

人们怕它出来，所以用城楼压着它，让它整天沉睡不醒，什么时候它会醒呢？那就得等它听到城门楼子上打点，因此，崇文门的城楼上没挂点，而是挂了一口钟。这样，海兽永远也听不到打点，所以也就永远被压在城楼下面了。

当然，这是一个民间传说。

关于崇文门城楼不挂点，挂钟，还有很多说法，比如崇文门是税关，凡是进京的货车都要到这儿缴税。谁都知道看守崇文门是个肥缺，所以在城楼上挂钟，是给那些收税的官员敲警钟，防止他们贪污受贿等等。

由此想到老北京城门上的一些摆设，许多是有寓意的，特别是内城的九个城门，有不少传说。

我小时候，听老辈人说，这九座门洞上头都刻着花纹儿，说起来也挺有意思。

西直门的门洞上，刻着几道水纹儿，寓意是水，因为在老北京，西直门是走水车的。

您会问了：走什么水车呀，城里不是有水井吗？

水井有是有，可北京城里的井水甜的少，苦的多。老百姓没办法，苦水也得喝。皇上就不同了，他哪能喝苦水呀！

于是，乾隆皇帝便派人四处找甜水井，然后亲自尝，喝了好几个地方的水，都不行，就喝着玉泉山的水甜。

乾隆皇帝一时高兴，还亲自跑到玉泉山，品尝了那儿的水，感觉确实甘冽，兴趣盎然，御笔亲书："天下第一泉"。

乾隆皇帝这一写不要紧，玉泉山的水成了皇宫专用。每天天不亮，宫里的太监推着独轮车，插着面小黄旗，挂着两个水桶，在玉泉山的泉眼装满水，再嘎吱嘎吱，打西直门进城，直奔紫禁城。

这种水车一直到民国还有，咱们在电视连续剧《末代皇帝》里，不是还看到了吗？

传说东直门的门洞上，刻着个方框儿，意思是块砖。在老北京，东直门是走砖车的。

当年，北京的砖窑、瓦窑基本上都设在东直门、朝阳门外。城里哪能有砖窑哇？烧窑一冒烟儿还不把皇上给熏着。您瞧，那会儿北京人就讲环保了，城里盖房用砖，都从东直门往进拉。

朝阳门是走粮车的，城门洞上边刻着个谷穗。再早，北京没有铁路，从南方运粮食得走运河，这就是有名的"京杭大运河"。它的北方终点站是通州的张家湾。运粮船到张家湾码头，然后再装车进城，走朝阳门。

据说阜成门的城门洞上，刻着的图案是一枝梅花。梅就代表煤。那会儿，北京城烧煤，都是从京西门头沟煤矿拉。

拉煤是用骆驼，京西有不少驼户，专干这个差事。拉煤的骆驼是打阜成门进城的，当时阜成门的关厢，有不少骆驼客店，供他们歇脚打尖儿。

崇文门走的是酒车。再早，北京城里不但没有砖瓦窑，也没酒厂。老百姓喝的"烧刀子"，也就是烧酒，都得从外面运。

运酒的车走别的门不行，非得走崇文门，因为得到这儿上税。

崇文门是京南的城门，所以老北京卖酒的招牌上全写着"南路烧酒"。有这四个字，就表明这酒是打崇文门进来的，已然上了税。

宣武门是走囚车的。清末，宣武门外的菜市口是刑场，开刀问斩，杀人的地方。戊戌变法的谭嗣同等"六君子"，就是在这儿被害的。

明清两朝出兵打仗走德胜门。收兵回城，走安定门。仗还没打呢，就想得胜；打完了仗，就安定了。这只是借个名儿图

个吉利。

正阳门俗称前门，专走龙辇的门。龙辇也就是皇上坐的车。

正阳门的城门轻易不开，一年只开两次，"冬至"开一次，"惊蛰"开一次。每到"冬至"，皇上要到天坛祭天。"惊蛰"呢，皇上要到先农坛耕地。

先农坛里专门给皇上预备着一亩三分地，叫"演耕田"，皇上到那儿比画两下，表示普天之下，该种五谷啦。

北京还有两个带门的地名，紧把东西长安街，一边一个，东头的叫建国门，西头的叫复兴门，这两座门，并没有城门楼子。怎么回事呢？

那是日本侵占北京的时候，在东单的东面和西面，各拆了一截城墙，修了两个城门。

城门费老大的劲儿建起来了，复兴门原叫长安门，建国门原叫启明门，还没被广泛叫开，小日本就完蛋了。日本投降以后，北京的市民想，总得给这两座城门起个名字呀，有人就建议，不是抗战胜利了吗，干脆这两座城门一个叫"胜利东门"，一个叫"胜利西门"得了。

当时的北平市政府觉着这俩名儿听着别扭，想找人再起个名儿。

据当时在政府社会局工作的沈忍庵老先生回忆，他从日本投降以后，正是复兴建设的时期这个意思着想，把两座城门改成"复兴"和"建国"了。当然，这两座城门早就拆掉了，现在只留下地名儿。

北京的城门楼子分为城楼和箭楼，两楼之间有城墙环绕，形成一个瓮城。所以，城门楼子是由这三个部分组成的。

从 20 世纪 60 年代起，北京的城门楼子便陆续地拆了，现在硕果仅存的是正阳门城楼和箭楼，瓮城已不复存在。我们还能看到的德胜门和东便门，只是箭楼，城楼已经拆了。

20 世纪 90 年代，北京重建了永定门城楼，2016 年，东部又复建了左安门角楼。在群楼林立，现代化气息浓郁的京城，复建的永定门城楼和左安门角楼，显得有些孤单，也与周围的建筑不大协调，既看不出往日的巍峨雄伟，又看不出它立在那里的实际意义，更难以像昔日那样形成地标。

但它毕竟还是城楼，还是古都代表性的建筑。也许它的存在是想告诉人们，当年这里的城楼曾经是那么的雄伟，那么的重要，而它的一砖一瓦，一灰一石，也承载着这座城市的历史。

城楼犹如一个饱经沧桑的老人，在向人们讲述着北京这座古都发生的巨变。

北京的城门细琢磨起来，很有学问。清朝末年，有个瑞典人把北京的各个城门，都实地查证了一番，照了不少照片，出了一本书，叫《北京的城墙和城门》。

这位瑞典人说，老北京的城门，有些事儿还真琢磨不透。话是这么说，可他的书里，经过勘察后得出的一些数据，倒是难得的历史资料。

京城的城与区

一

2017 年，国务院批复了《北京城市总体规划（2016 年—2035 年)》，确定了北京作为首都的"四大功能"，即政治中心、文化中心、国际交往中心、科技创新中心。

这个总体规划，明确了"一核""一主""一副""两轴"的城市空间布局。

"一核"，指的是首都功能核心区，大体在三环之内，总面积约 92.5 平方公里。

"一主"，指的是中心城区，包括东城、西城、朝阳、海淀、丰台、石景山这几个区，总面积约 1378 平方公里。

"一副"，指的是北京的城市副中心，即在通州建设新城，总面积约 155 平方公里。

城市副中心的概念是什么？就是北京市的政务区要与中央分开，换句话说，首都功能核心区，是中央政府的办公区域，副中心是北京市政府的办公区域，北京的"四套班子"：党委、政府、人大、政协都将搬到通州新城办公，当然，市属机关团体也将转移到通州。

通州是一个"区"，但作为首都的副中心，它又有"市"的意义。这听起来有点儿绕，但却是现实。

北京人对"区"的概念，在很长一段历史时期内是比较模糊的，尤其内城的区界，如同现在人们对城里和城外的概念一样。

老北京人见了面，往往不问您是住哪个区的，通常是问您住南城或北城，东城或西城。

您在这儿得弄明白，老北京人嘴边挂着的南城或北城、东城或西城，并不是"区"的概念，而是"城"的概念。

您也许知道现在的东西长安街一线，在元大都时代，是大都城的南城墙。明朝初年，内城的区域向南扩展，南城墙延至今天的前三门一线。

大概到了明清时期，北京城的中轴线和现在前三门一线（即当时的内城南城墙），如同在北京的地图上划了个大十字，分出了东南西北城区，所以才形成了老北京人说的"城"的概念。

在我的印象中，北京人见了面，直接问您是哪个区的，是1970年以后的事儿。大概是因为念小学和升初中，受行政区划的限制，人们开始看重"区"的意义了。

二

为什么北京人对"区"的概念比较模糊呢？我认为，这跟北京的城市变迁和历史文化有直接关系。

首先，北京是"六朝古都"，也是共和国的首都，中央的行政机构和各大部委一直在北京办公。

中央机构（包括中央军事机构）和直属单位众多，这些机构虽然坐落在某个行政区，但在行政管理上，不受地方政府制约。他们不但有自己的办公大楼，还有自己的机关宿舍（大院），所以不论是在机关工作的人，还是他们的家属，压根儿就没有"区"的概念。

我是在西城区辟才胡同长大的。1968 年，小学升初中，按当时就近入学的规定，上了北京师大女附中，即现在的北师大附属实验中学。

跟我一起入学的，还有中组部和教育部两个宿舍大院的孩子。平常说话，他们一般都说，我们大院或部里怎么样怎么样，很少会说到胡同，尽管这两个宿舍大院也在胡同里。

相反，我们这些住在胡同里的孩子，则跟区与街道"贴"得更近一些，因为从大人那儿说，日常生活中的许多事，是离不开街道的。

其次，中央单位之下，还有北京市属单位。虽然市属单位跟地方政府（行政区）联系得要多一些，但除了治安和社会服务功能之外，平时业务往来，或行政指令的上传下达，都是由市政府通过主管局来进行的。

在计划经济时代，就一般职工来说，"区"的概念比较模糊，可以说没有"区民"意识。

平心而论，北京人在日常生活中，跟行政区（地方政府）联系紧密，是改革开放以后的事儿。尤其是实行社会化服务管理之后，地方政府的职能和所扮演的角色越来越重要了，于是人们对"区"的概念，逐渐变得清晰起来。

但随之而来的却是人户分离的问题。许多人户口在东城或西城，而住在朝阳或大兴，或昌平、顺义，这一现象从20世纪80年代就开始了。

当时住某"区"某条胡同的人住房很紧张，单位给解决了住房问题，搬到了丰台或朝阳，但户口没有迁，以后自己又买了房，户口仍然没有动。

人与户口的分离，现在已成普遍现象。据最新公布的不完全统计数据，这种人户分离的现象，在目前的中心城区大约占到了4成。但据我分析，绝对不止4成，恐怕6成也打不住。

我本人的户口长期在西城，但在崇文、朝阳、昌平都住过，现在户口迁到了东城，实际上人也不在东城住。

类似我的这种人户分离状况，您可以问问身边的同事或朋友，就会知道有多少了。我儿子在西城出生，他3岁就随我搬到了朝阳区住，但是户口仍在西城。您说他是西城的"区民"吗？从道理上讲绝对是，但实际呢？

三

北京人对"区"的概念比较淡漠，与城市的行政区划分的历史沿革也有很大关系。

明清两代，北京人只有"城"的意识，而无"区"的概念。当时作为首都的北京城，隶属于直隶，在行政管理上属于顺天府。

顺天府下辖大兴县和宛平县。它管辖的区域也仅限于内城

以外的地区，范围极小。当时的通州、大兴、昌平、门头沟等都属直隶，不归顺天府管。

因为当年的北京城除皇宫紫禁城外，还分为皇城、内城和外城，所以北京人通常也说内城、外城，是不分"区"的。

为什么老北京人没有行政区的概念呢？因为当时内城也好，外城也罢，管着老百姓的不是区政府或街道办事处，而是警察厅下属的派出所，当时叫"段"。

记得小时候，我姥姥说到街道或派出所的时候，嘴边儿总挂着"段儿上"这个词儿，比如街道上通知什么事儿，我姥姥会说："段儿上说了。"去派出所办事儿，我姥姥会说："我到段儿上去。"

小的时候，总是弄不清什么叫"段儿上"。直到长大以后研究北京文化，才明白这个"段儿"是怎么来的。

民国期间，全国基本上是省、道、县三级制。1912年4月，民国政府（准确地说应该叫临时政府）定都北京，当时的北京仍叫京师，下设顺天府，辖24县，归直隶省管辖。

辛亥革命后，1914年10月，废顺天府，改京兆地方，简称"京兆"，下辖大兴、宛平等20个县。

出于对社会治安和户籍管理上的考虑，在内外城各设了10个区。这10个区完全是出于治安划分的区，由京师警察厅管理，行政职能也以治安为主，几乎没有社会公共服务等职能。

1927年，国民政府正式建都于南京。北京地区成为北平特别行政市，辖内城6区、外城5区和郊区4区，这种"区"的划分，仍沿用的是清末民初治安上的考虑，其行政职能和社会公共服务功能并不明确。

这一时期，北京的行政区划变化频仍，比如 1928 年 6 月，南京国民政府废除京兆地方，把直隶省改为河北省，北京改为北平，划北平为特别市，直属南京国民政府行政院，原来京兆所辖大兴等 20 个县划属河北省。

北平特别市仅限于内城、外城以及附近郊区，面积仅 716 平方公里。

但两年之后，即 1930 年 6 月，北平的地位又一次下降。废除特别市建制，改为北平市，隶属于河北省，并一度成为河北省的省会。

可是仅过了 5 个月，即同年 11 月，北平又改为南京国民政府行政院的直辖市。河北省政府迁到了天津。

您想连北平市的行政区划，都这么"朝三暮四"，别说市内的区划了，谁还搞得明白？

四

直到 1949 年，新中国成立时，北京城作为行政区，仍然是"城"的概念。

1949 年 2 月，北京的城区划分为 12 个区。1950 年，调整为 16 个区，其中城区为 9 个区。

这时"区"的概念，仍然是治安管理性的。因为作为新生的政权，社会稳定是第一位的，所以社会治安管理非常重要。

1952 年 9 月，北京的城区调整为 7 个区，即东单区、东四区、西单区、西四区、崇文区、宣武区、前门区。作为行政

区的真正划分，应该从这时才有雏形，或者说直到这时，北京人才有了"区"的概念。

而"城"的概念，这时也有所突破。为了解决城市人口的粮食、蔬菜供应问题，1950 年，长辛店、丰台、门头沟、南苑划入北京市。1952 年，从河北省划入宛平县全县和房山、良乡部分地区，面积扩大到 3216 平方公里。

在随后的几年，北京作为首都，"城"的面积不断扩大。1956 年经国务院批准，将河北省的昌平县，划归北京市管辖，改为昌平区。

1957 年将河北省的大兴县新建乡划归北京市南苑区。1958 年 3 月，又把河北省的通县、顺义、大兴、良乡、房山 5 个县和通州市划归北京市管辖。

这一年的 10 月，国务院决定将河北省的怀柔、密云、平谷、延庆 4 个县划归北京市管辖。至此，北京市的面积达到 16807.8 平方公里，人口为 631.8 万人。

1958 年，北京市的行政区划动静比较大。当年 9 月，城区的东单区和东四区合并为东城区，西单区和西四区合并为西城区。撤销前门区建制，分别并入崇文区和宣武区。撤销南苑区建制，分别并入朝阳区、丰台区和大兴区。

与此同时，通县和通州市合并为通州区，房山县和良乡县合并为周口店区，大兴县改为大兴区，顺义县改为顺义区，京西矿区改为门头沟区，东郊区改为朝阳区。撤销石景山区建制，分别并入丰台区、海淀区、门头沟。昌平区、海淀区建制不变。

这之后，北京市的部分行政区也相应地作过调整，如建立房山区，撤销周口店区，建立石景山区等。但从 1958 年到现在，城区的行政区划基本没有大的调整。

五

从上面说的"城"的概念到"区"的概念，以及 1958 年到现在，北京在城市发展建设中，发生了翻天覆地的变化，无论从北京历史文化名城的整体保护的角度，还是从首都北京向世界城市发展的角度看，老的城区回归于"城"的概念就显得格外重要了。

早在 2000 年，几位城市规划专家就针对北京城的发展现状，提出了首都功能核心区的概念，所谓核心区，也被称为中心城区，大概其就是东城、西城、崇文、宣武四个区的范围。

为了保护北京历史文化名城的古都风貌，发挥核心区的首都功能，规划专家提出了将这四个区合并为一个区，即首都功能核心区的建议。

这个建议，最后由北京市的几位人大代表和政协委员分别作为提案，拿到北京的"两会"进行讨论，希望政府能尽快采纳。

也许是考虑到"四区"合并为一个区的动作太大，政府机构的干部和工作人员一时不好安置等原因，北京市政府经过慎重考虑，并上报国务院批准，于 2010 年 7 月，决定先将东城和崇文两区合并为东城区，西城和宣武两区合并为西城区，即"四区"合并为"两区"。

我认为，北京市这次"四区"合并为"两区"，是规划首都功能核心区的第一步。尽管中心区分为东城、西城，从区划来看，形成了"两翼"，而且东西两翼在老北京城，也能找到历史根据。

但是从城市的总体规划来看，两区并驾齐驱并不能构成一个完整的首都功能核心区，而且现在东西城的区划以中轴线为界，割断了古都的文脉和商脉，也不利于历史文化名城的保护，所以这只能说是一个过渡。

换句话说，如果要完整地保护古都风貌，真正发挥首都功能，必须要建立一个首都功能核心区。而要建立这个核心区，东城与西城"两区"合并为"一区"是早晚的事儿。

不过，饭要一口一口吃，路要一步一步走。尽管"四区"合并为"两区"不是最终目的，但是迈出这一步，其意义也是非常重要的。

六

在北京市委市政府组织编修的《北京城市空间发展战略研究》中，明确指出："目前北京市中心区功能过度集聚，旧城保护受到极大的冲击，绿地不断减少，热岛效应加剧。对此，应疏解中心大团，重构城市空间新格局。"

所谓"城市空间新格局"就是《北京城市总体规划（2004年—2020年）》中提出的"两轴""两带""多中心"的市域空间发展战略。

清华大学建筑学院2004年的研究表明，仅占北京规划市区面积不到6%的古城区，房屋面积已由20世纪50年代初的

2000万平方米，上升到现在的5000万至6000万平方米。城市主要功能的30%至50%被塞入其中，使之担负着全市三分之一的交通流量。

北京的中心城区与12个国家同等规模的城市比较，用地是最集中的，人均用地也是最少的。其城市化地区人口容度高达每平方公里14694人，远远高于纽约的8811人、伦敦的4554人、巴黎的8071人。由此衍生出一系列的城市问题。

显然，2010年7月，北京市的"四区"合并为"两区"的区划调整，将有效地缓解北京城市中心区的人口密度和城市压力。随着区划的调整，也将为下一步中心区人口疏散打下基础。当然最主要的还是保护老城区的历史文化风貌，使因区划而断裂的文脉和商脉得以初步恢复。

著名建筑学家吴良镛先生在"2004年城市规划年会"上曾说："50年来一个基本的矛盾就是在同一空间地域上，既要保护旧城，又要建设现代化的城市。对旧城来说，既承认它是伟大的遗产需要保护，又强调改造。既要保护，又要发展。理论上看似很辩证，但为此付出的代价却太大了。"

而这次区划调整，为有效解决这一矛盾迈出了重要一步。正如北京市常务副市长吉林在答新华社记者问时所说："古都风貌是北京的一笔宝贵财富，通过推动首都功能核心区行政区划调整，使行政区划与城市区域功能相协调，可以增强市区两级的科学调控能力，解决经济发展相对滞后区历史文化名城保护资金不足的矛盾，在更大范围内对旧城进行统一规划、建设和管理，从而改善历史文化名城保护与发展空间的矛盾，实现对历史文化名城的整体保护，不断延伸和发展北京的历史文化特色和城市风貌。"

　　这段话可谓说到点儿上了。因为北京的城区原本就是一个整体，但是由于历史的原因，将其一分为四，现在让它重新归位，当然对历史文化名城的总体保护大有好处。

　　还应该看到，这种"回归"（调整）是北京城市历史发展的必然。如果我们打开北京的地图，站在更高的角度，来看现在北京的城市格局，不难发现城市中心功能区在整个北京市的版图上，比例已经很小，跟 1958 年行政区域划分时相比，北京的市区范围早已是当时的八倍，甚至十几倍了。

　　北京在向世界城市发展，而北京的城市空间结构，也将随着"两轴""两带""多中心"的规划重新布局。从这个意义上说，北京的区界应该重新划分，而北京人对"区"的概念，也应该由过去的模糊，变得清晰起来。

胡同味道

一

我一直以为，胡同是北京这座城市的专有名词，这不但因为"胡同"一词，最早出现在元代与北京有关的戏剧中，而且胡同也是北京地名的重要代表。

当然最主要的是，胡同的发音必须要有儿化音，正确的读法是"胡同儿"（应读成"痛"），听着那么圆润、柔美、疏朗、顺口。

您别看北京人说"胡同儿"（胡痛）那么自然顺口，其他地方的人却说不上来。比如广州人或上海人在说"胡同"这个词的时候，一准儿会把"同儿"（"痛"），说成同志的"同"。一旦"同儿"（"痛"）说成了"同"，胡同本身的味道就没了。

河北的保定地区以及山东的鲁北一带的人，说话的口音中也带儿化音，但在说到"胡同儿"时，"同儿"的发音是往上挑的，跟北京人嘴里的"胡同儿"也差着意思。

说胡同是北京所"独有"，并不贴切，因为北方的许多城市也有胡同的地名。但是就地名而言，全国没有哪座城市，叫

胡同的街巷超过北京的，而且那些城市以胡同来命名街道，也是从首都"照搬"过去的。当然，尽管他们也叫胡同，却发不出"胡同儿"的音来。

我曾在一篇介绍北京胡同的文章中，写过一句话：胡同是北京人的根儿，四合院是北京城的魂儿。

这话说得是不是有些重了呢？我想凡是在北京胡同生活过的人，都会认同我的观点。凡是在胡同里生活过的人，不能不对胡同产生一种情怀。这种情怀往往是挥之不去的。

远了不说，就三十多年前吧，70% 以上的北京人是在胡同生活的。虽说有些人是在楼房里长大的，但那会儿许多楼房也在胡同里。

应该说，四十岁以上的北京人对胡同的感情，犹如农民对土地的感情。因为胡同是北京人"生于斯长于斯"的根儿呀！

老舍先生是地道的北京人，当然也是在北京的胡同长大的。1936 年，他在山东济南教书。身处战乱之中，他十分怀念故土，写下了《想北平》这篇散文。

文中写道："真愿成为诗人，把一切好听好看的字都浸在自己的心血里，像杜鹃似的啼出北京的俊伟。啊！我不是诗人！我将永远道不出我的爱，一种像由音乐与图画所引起的爱。这不但是辜负了北平，也对不住我自己，因为我的最初的知识与印象都得自北平，它是在我的血里，我的性格与脾气里有许多地方是这古城所赐给的。我不能爱上海与天津，因为我心中有个北平。"

这是老舍先生对北京的真情实感，也是肺腑之言。我想每个在胡同里生活过的北京人都会有这样的感受。

如果有人问我，改革开放四十年，你对什么变化感受最深。我会毫不犹豫地说："北京的胡同。"

当您所生活多年的胡同拆了，您的新居安在了三环、四环、五环以外，您子夜无眠，闭上眼睛，在脑子里过几遍电影，难道不会跟我有同感吗？

是呀，四十年，人生有几个四十年？历史已然翻了篇儿，往事已经成了过眼烟云。当我们告别胡同，回过头来再看胡同、说胡同，也许会别有一番滋味在心头。

二

胡同原本是蒙古语，它最初的意思是水井。胡同的意思，北京人都知道，它指的是小巷。老北京城是在元大都的基础上修建的。北京的街道名儿根据宽窄，依次分为街、路、胡同、巷、条、里、沿（河边的街道）、湾、大院、道。

其实，巷、条、里、沿、湾、大院、道等街道名儿，就是胡同，只不过它比一般胡同要小。因为老北京的许多街道是大胡同套小胡同的，为了有所区别，才把大胡同里的小胡同叫巷、条、里、道之类的名儿。

根据元代熊梦祥的《析津志》记载，元大都的大街宽24步，小街宽12步，胡同宽6步。元代的1步约合5尺，当时1尺为0.308米，1步就是1.54米。这么算起来，胡同的宽度约为9.24米，小街宽度约18米，大街的宽度约36米。从这些宽度看，当时的胡同、小街和大街都能骑马、走马车和轿子。这些都是那会儿的主要交通工具。

胡同、小街和大街，也是根据这些交通工具来设计的。不过，到了明清两代，北京的胡同格局却有了不小的变化，有些胡同变窄了，有些胡同变宽了，成了小街或大街。

当然，现在北京的胡同变化就更大了。如今，不但胡同的格局、景物变了，就连胡同这个词的词义也变了。它不但指规模较小的街巷，有些大街的名儿也叫胡同，比如我的出生地西单辟才胡同，名儿叫胡同，其实现在已经是一条大街了。

老北京生人见了面，往往会问："您府上是哪条胡同？""您府上"就是"您住家"。北京人礼大，讲究客情儿，说话总要高抬一下对方。

按当时的规矩，只有王爷住的地方才被称为府。其实，对方住的不过是大杂院里的一间小平房，但您也得这么说。

住哪条胡同，这是最通用的一句话。老北京人自报家门都会这么说，因为当时北京人都住在胡同里。

为什么我说，胡同是北京人的根儿，四合院是北京城的魂儿，因为整个北京城设计得就像一个放大的四合院。

您现在到紫禁城（也就是故宫）参观，依然能找到四合院的感觉，因为紫禁城就是按四合院格局设计的。

三

北京人给胡同取名很有意思，看上去很随意，其实却有文化。这条胡同有棵大柳树，就叫大柳树胡同；这条胡同里住着一位武定侯，就叫武定侯胡同；这条胡同有座真武庙，就叫真武庙胡同；这条胡同不直，拐道弯儿，像个月牙儿，就叫月

牙胡同；这条胡同有个牛羊市或米市，就叫羊肉胡同、米市胡同；这条胡同住着一个姓刘的人有点儿本事和名望，就叫刘家胡同。

实在找不到标志性的建筑，便找个能反映社会生活和道德规范的词来命名，比如弘善胡同、恭俭胡同、育德胡同等等。

但是，您对北京胡同的名儿，千万可别望文生义，因为有些胡同名儿单有讲儿，文字上也另有说法。

东城区有个寿比胡同。有一次，我跟几个朋友走到这儿，一个朋友说，北京人真会给胡同起名。你看寿比，寿比南山不老松，都成了胡同名。

我听后忍俊不禁，显然他是望文生义了。其实"寿比"这胡同名并非寿比南山之义。这条胡同最早的名儿叫臭皮胡同，因为胡同里有几家揉皮（制皮）作坊。揉皮用过的水会散发出臭味，所以人们取名叫"臭皮"。但臭皮这名不好听，在北京整顿胡同名称时，借它的谐音，改成了"寿比"。我这么一解释，众人才恍然大悟。

北京有许多胡同的名儿让人听着费解，不知道什么意思，不明就里的人很难找到出处。

其实，这跟寿比胡同一样，因为原先的胡同名儿难听，后来在整顿地名的时候取其谐音改的。比如福绥境，原来叫苦水井；贵门关，原来叫鬼门关；留题迹胡同，原来叫牛犄角胡同；北梅竹胡同，原来叫母猪胡同；时刻亮胡同，原来叫屎壳郎胡同；图样山胡同，原来叫兔儿山胡同；寿刘胡同，原来叫瘦肉胡同；小珠帘胡同，原来叫小猪圈胡同；大雅宝胡同，原来叫大哑巴胡同；等等。

所以，您要知道北京胡同名儿的来历，还要了解一些北京的历史。

西城的新街口和东城的崇文门外各有一个奋章胡同，京剧名家郝寿臣的故居就在崇文门外的奋章胡同。

有朋友问我什么叫奋章？您在《现代汉语词典》里找不到这个词，"奋章"俩字在字面上也找不到任何解释。

我告诉这位朋友，奋章没有任何特殊意义，它是粪场的谐音。原来这一带有个大粪场。老北京人的粪便是有用场的，也是能卖钱的，那会儿种菜种庄稼没有化肥，专门有人将粪便晒成干儿，作肥料卖。

粪场就是制作粪干儿的场子。因为这个粪场在这一片有名儿，所以就叫粪场胡同。粪场这个地名叫了上百年，解放以后，整顿地名时，人们觉得它太难听，于是根据谐音，改叫奋章胡同了。

有意思的是一些胡同改了名儿，但北京人却很难改口儿。因为叫了几十年或上百年，人们已经习惯了，比如辟才胡同，正确的读音应该是"必才"，原来胡同有个劈柴铺，所以叫劈柴胡同，民国以后，这条胡同相继建了3所学校，才改成了辟才胡同，辟才有开辟人才之义。但是，人们叫惯了劈柴胡同。直到现在还把"辟才"叫成"劈柴"。

北京的许多胡同名儿在"文革"时，被红卫兵和"造反派"视为"四旧"，有些胡同的"路牌"被红卫兵给砸了，胡同名儿也染上了"革命"色彩，改成"卫东""红日""红旗""前进""反修""反帝""解放""延安""大跃进""向阳""红岩"等，甚至还出现了直接叫"文革"的胡同。

这么一改，给人们的视觉和听觉带来了混乱，以至于寄信汇款常常找不着准地儿，出门打听道儿也成了难事儿。

当然，"文革"结束后，随着国家的拨乱反正，也给这些被改名的胡同"平反"落实了政策，恢复了原来的名称。

四

当然，胡同的悲哀并非只是名称带来的灾难，而是胡同本身在版图上的彻底消失。

如果您翻看三十多年前的北京市地图，会发现纵横交错的胡同像密密麻麻的蛛网。1986年版的《北京市街巷名称录汇编》里，直接叫胡同的街巷有1316条，实际上，真正的胡同有三千多条，因为有些胡同是以巷、条、里、沿、弯、大院、道相称的。

三十多年后，您再看《北京市交通地图》，当年胡同所在的区域，即二环路以内，已变为城市的核心区，而北京市区的范围已扩大到五环路。

当年的菜地农田，已变为一个个大的社区，一栋栋的高楼大厦，鳞次栉比。一条条城市快速路和高速路，使城区不断地向外延伸。三十多年间，北京城的"城圈儿"已经扩大了至少十倍。

2001年7月，北京获得了第29届奥运会的主办权。为了把这届奥运会办得更加体面，北京市的旧城改造大提速，成片儿的胡同在推土机的轰鸣中变成瓦砾，在人们还来不及捡拾记忆的时候，胡同已变为现代化的钢筋水泥结构的大厦和宽阔的马路。

胡同成了人们的回忆。许多老胡同除了还留在人们的记忆里，就只能在老的地图上去寻找了。

2007 年，有关方面对北京的胡同名儿作了统计，城区范围内，胡同只有 965 条了。当然这里所说的胡同，有的已扩展成大马路，只是"图"有其名而已，真正意义上的胡同，现在约有六百多条。

北京最老的胡同是元代留下来的，如西四的砖塔胡同。北京史学者曹尔驷先生认为，这条胡同是北京史上最早出现的胡同名儿。

元杂剧《沙门岛张生煮海》中，张羽问梅香："你家住在哪里？"梅香说："我家住在砖塔儿胡同。"

这句戏词里的"胡同"，被北京史学家认为是最早见之于文字的胡同。

砖塔胡同因胡同口有个万松老人塔而得名，它的历史有七百多年了。当年，鲁迅先生以及著名作家张恨水先生曾在这条胡同住过。目前，这条胡同还保留着。类似这样的老胡同北京还有不少，比如牛街、大栅栏等。

胡同老，四合院或大杂院里的房子也多属"老古董"。有的老房子还是明清时代留下来的呢。这些砖木结构的瓦房，隔个七年八年的就要维修，否则就难以支撑。

有些老房子，虽然在开春的时候抹灰勾缝，苫泥弄瓦，到了七八月连阴天，也短不了漏雨。老北京胡同里的房子有"十房九漏"一说，即便是装修体面的大宅门的房子，也避免不了漏雨。

北京胡同里的房子有个特点，房子的外墙大面儿看上去很漂亮，实际上里头砌的是碎砖头。北京是古都，数百年间，建筑经过多次兴衰，碎砖头非常多。

老北京有"三宝"，其中一"宝"就是"碎砖砌墙墙不倒"。用拳头大小的碎砖就可以砌成高墙，是老北京瓦匠的绝活儿。

不过这种墙的寿命可想而知，赶上下大雨，胡同里总会发生墙倒屋塌的事。

我是在胡同长大的，在我的记忆里，连阴雨天，房子不漏的时候很少。常常是外面下雨，屋里也跟着下，外面雨停了，屋里还照样下。下雨的时候，一家人被漏雨的房子弄得手忙脚乱，拿盆拿碗去接"雨"。

五

胡同是北京民俗风情的土壤，也是北京文化的根儿。住过胡同的人，总会被邻里之间的人情味儿所感染。老胡同像一条古船，踏上去会有一种安全感。不论市声是多么嘈杂，走进胡同，浮躁的心便很快沉静下来。

胡同里的地气，能让人找到落地的感觉，而胡同里的人际间那种散淡悠然以及浓浓的温情，无时不在浸润着人的心灵。在胡同里放鸽子、遛鸟儿、抖空竹、放风筝，做各种游戏，跟在三环以外的大社区，绝对不是一种感觉。

我最留恋胡同里的味道。清晨，从小吃店里散发出来的炸油饼、油条的油香味儿；傍晚，各家各户炒菜炝锅的葱花味儿；过节过年的时候，家家户户炖鱼炖肉的肉香味儿，这种味儿，也被老北京人叫作"跑油"。

油香味儿弥漫在胡同的上空，与炉子里的烟味儿和空气本身的清爽气息融合在一起，飘散在胡同里的每个角落，钻进我的鼻孔，浸润着我的神经细胞。

那会儿，胡同里的住户们家家都过着清寒的日子，没有大富大贵，也没有一贫如洗、揭不开锅的人家。

但是，吃，绝对是胡同里的人的生活第一需要，人们不论何时何地，见了面总要问一句："吃了吗您?"即便是在厕所，也不忘这句"问候语"。

这句浸染着胡同味道的问候语，现在已经很少能听到了。每当早晨上学，傍晚放学，走进胡同嗅到这种油香味儿，我便多吸溜几下鼻子，好像闻这味儿也能管饱似的。这种油香味儿太有诱惑力了。

胡同里的味道，已经深深浸润到我的记忆中，不论我在什么城市，什么地方，每当我嗅到这种油香味儿，都会很自然地想到我生活过的胡同。

胡同，给住在胡同里的人，留下的记忆实在太深了。

但是北京的胡同毕竟太老了，住在胡同里的人，也经不住现代化生活气息的诱惑。

夏天，除了下雨房漏，平房又闷又热，大杂院狭促的空间堆满了杂物，让人走道儿都得侧身。冬天，取暖生的煤炉，烟尘呛得人睁不开眼。最让年轻人受不了的，是大杂院里没个人隐私权。是呀，两家只隔一道墙，咳嗽一声都能听得见。

住胡同最让人头疼的是，上厕所。通常一条胡同几十户人家，只有一个公厕。老北京人管厕所叫"茅房"，公共厕所叫

"官茅房"。住过胡同的人几乎都尝过上"官茅房"的滋味。

我曾跟著名演员王铁成聊起住胡同的滋味。他感慨地说，冬天上厕所冻得屁股发麻，而且还要排队，胡同里的人戏称，这是英国的首都，轮蹲（伦敦）。

铁成先生在东城的红星胡同住了二十多年，现在住在郊外的别墅，他对胡同的印象并不惬意。

是的，只有住着楼房，享受着现代化的舒适的人才会对胡同产生诗意，真正在胡同大杂院里过日子的人，是不会产生这种浪漫的。所以胡同里的人是渴望拆迁的，尤其是那些老少三代挤在一间小屋儿里的胡同人，他们巴不得有朝一日能离开胡同。

20 世纪 90 年代，旧城改造时，有些胡同里的老人曾发出"拆迁拆迁，一步登天"的感叹。所谓"登天"，不过是住楼房的戏称。我曾在《胡同咏叹调》一文中，描写过这种心态。

六

如今，北京的胡同已经拆了有一多半儿，换句话说，有将近一多半儿的胡同人，都搬出了胡同。2017 年，北京开始实施疏解非首都功能的规划，按这个规划，又将有近 20 万户住在中心城区的市民搬出胡同。人走了，自然，胡同也会减少。

住在胡同的"城里人"，被安置在三环以外的社区里，有的没出市区，也离开了胡同的平房，住进了回迁的居民楼里。尽管告别胡同的时候，有些难舍难离，但是这种离情别绪是短暂的。居住条件的改善，以及享受现代化生活的愉悦，很快会让人冲淡了这种怅惘。

2001 年北京成功申办奥运会后，每年以三千多万平方米的房屋竣工量向 2008 年挺进。这种竣工量超过了整个欧洲一年的总和。奥运会之前的北京，像是一个大工地，胡同自然也成了大工地的"主角"。

奥运会让北京体面地展示出自己的新颜。但是古都的风貌，也在国家大剧院、"鸟巢""水立方"、CCTV 大厦等现代化巨型建筑中，冲淡了它应有的神韵。那些古色古香、灰砖灰瓦的胡同，在这些巨大的钢筋水泥的"身影"下，显得有些寒碜了。

让胡同风情变味的，还有汽车工业的发达。老北京的胡同是安静的，有人用深幽和静谧来形容并不夸张。为什么老北京的小商贩叫卖会有吆喝，而且吆喝出来的声音那么悠扬悦耳，余音绵长？就是因为那会儿的胡同是宁静的。

记得我小的时候，胡同里偶尔有辆小汽车，定会引来孩子们的好奇和围观。直到 20 世纪 80 年代，北京的胡同还很安静。当时摄影师徐勇拍摄胡同时，还可以随意选择角度，摆弄镜头。但是到了 20 世纪 90 年代，再想拍摄到安静的胡同就困难了。

胡同里不但到处停着汽车，而且许多院落的后房山被打开，变成了门脸儿房。您会在每条胡同找到小卖部、饭馆、发廊、洗脚屋的门脸儿。胡同变成了杂乱无章的商业街。

当然，这也是没办法的事儿，毕竟胡同里的人要生存。不过，开门脸儿搞经营的多是外地人，房主成了"地主"，只是每月收租金而已。

胡同从此告别了安静，当然也告别了恬静的梦。

1990年，北京的机动车只有几十万辆，到了2017年末，机动车已达到了510多万辆。20年前，只有高级干部才有资格坐小汽车，现在北京人几乎每三户就有一辆汽车，富裕的家庭有两辆三辆汽车并不新鲜。

为了适应汽车的发展，"十五"期间，即2001年到2005年，北京市投入建设交通基础设施的资金是1000亿元。到2007年底，城市的主干路总里程达到了955公里，高速路总里程超过了600公里，汽车的轮胎使古老的胡同与现代文明接了轨，也碾碎了胡同里的宁静。

如今，将近三分之二的北京市民告别了胡同，搬到了原来的郊外，市民成了"郊民"，许多"80后""90后"的北京人，对胡同是陌生的，因为他们压根儿没在胡同生活过。有关胡同的故事，只是从爷爷奶奶和父母那里听到的回忆。

让这一代年轻人对胡同说声"爱"，需要有一个过程。而这个过程伴随着胡同的逐渐消失，也会一点一点地淡出他们的视线。

七

胡同像是"铁打的营盘流水的兵"。老住户像老茧抽丝，一家接一家地挪窝腾地儿，换来的是一副副新面孔。固守这片热土的多是那些在京城落脚三代、四代以上的住户，他们属于地道的老北京。

"金窝银窝，不如自己的草窝。"岁数大了，腿脚也不大利落了，他们舍不得离开胡同的"地气"。"宁愿城里有张床，不愿在郊区有间房。"在对待"生于斯长于斯"的胡同这个"老古董"上，他们比年轻人要"顽固"得多。

在他们的生活理念里，离开了胡同，就好像是离开了北京城。而一旦离开了胡同，再想回来只能做梦。他们当了一辈子"天子脚下"的臣民，要让他远离"天子脚下"，无异于在割他身上的肉。

所以，尽管住在胡同里，遭遇着风雨的"洗礼"，住着一天比一天简陋与狭促的平房。房上长了草，下雨哗哗漏，但是他们住的是一个"人熟地熟"，享受的是出门购物的方便和看病就医的便利，倒也乐哉悠哉。

但五十岁以下的胡同人，却比这些老人们想得更明白，也更实用一些。他们会把居住环境变通一下，借钱在城外买宽敞一些的楼房，把胡同里的房子出租给外地人。

胡同里的平房相对来说，比楼房租金要低，一间二十平方米左右的房子，租金不过几百块钱，同样的面积和地理位置，楼房的租金也许是它的一倍，所以很受腰包并不宽裕的外地来京打工者和谋生者的青睐。

当然胡同里也有不少私房主想得更开，房子一天比一天破旧，维修要花一大笔钱，索性把它连院子一起卖掉。因为胡同里的平房，实际上卖的是土地，院子也算面积。有钱的外地人，尤其是"暴发户"往往看中的是，胡同所在的市中心的地理位置，所以不惜重金把产权一股脑儿买断，将旧房推倒重盖。

于是，胡同里出现了一个又一个建得非常漂亮的四合院，旁门的车库和雕梁画栋、带油漆彩绘的大门，以及门口摆放的石狮子，彰显着胡同新主人的荣耀。

"树矮房新画儿不古"，这是老北京人对那些"暴发户"的形容。这些在改革开放以后，得到实惠的新一代富人，在胡同里的老人看来带有几分神秘感。

平时，他们的大门紧闭，跟胡同里的人也没什么交往，主动地把自己摆在了高人一等的位置上。不过，北京的胡同是宽容的，什么人都可以在这里生根，不管穷人还是富人。

倒是那些租房的外地房客们更有生存能力，他们很快就能把自己身上的乡土气息，融入胡同文化的血脉里，在很短的时间内，他们跟胡同里的老住户打成了一片，并且在举手投足中，也效仿老北京人的做派。您甚至能在他们说话的土音里，听到一句半句的北京土话。时间长了，他们俨然也以胡同的主人自居，对新来的外地人指手画脚。

八

是的，胡同的主人确实变了，不信，您现在到北京的胡同走一圈儿，十个人里，您会发现至少有五个是外地人。您能说他们不是胡同里的北京人吗？他们可实实在在地生活在胡同里呢。

相反，原来的胡同主人，却羞于承认自己是胡同的主人了。

现在两个北京人见了面，那位问："您现在住哪儿？"这位如果说，我早不住在胡同里了，我现在搬到哪个小区，必然会受到那位的仰视。

如果这位说，我还住在原来的那条胡同，必然会受到那位的质疑，甚至受到一种奚落。

因为还住在原来的那条胡同，就意味着没出息，不是下岗就是提前退休。总之，家里穷，才会住在原来的胡同里。历史往往就是这样嘲弄人。

虽然许多住过胡同又离开胡同的人，说起胡同会有几多"不堪回首"，但胡同留给人的记忆，总会产生许多温情。北京人的胡同情结是难以抹去的，因为胡同毕竟是北京文化的血脉。

当然，许多离开胡同的老北京人虽然搬到了城外，住进了楼房，但依然保持着当年住在胡里养成的生活习惯。那些老北京的民俗风情，并没有因为离开了胡同而变味儿。

现在北京的交通方便了，地铁、城铁、公交，四通八达，原来觉得很远的大红门、亦庄、望京、天通苑、回龙观等大社区，现在坐地铁、城铁，半个小时就可以进城，所以一些离开胡同的老人，也会接长不短儿地回到原来住过的胡同去走走，看看老街坊，重温一下昔日的情怀。

几年前，我写过一部长篇小说叫《胡同根儿》。在这本书里，我写道："北京的一些老胡同没了，但胡同的根儿还在，因为它是北京人的根儿。"您细咂摸，是不是如此呢？

<h2 style="text-align:center">九</h2>

前些年，在旧城改造中，拆了一大批老胡同，古都的文脉和商脉以及城市的"肌理"不断地被肢解，让人对北京这座享

誉世界的历史文化名城产生了忧患。一些全国政协委员和文物保护专家不断上书，要求对北京的老胡同手下留情。

他们认为，胡同是老祖宗留给我们的宝贵文化遗产，如果再不加限制地这么拆下去，古都的风貌将面目全非，城市的格局和建筑风格也将不伦不类。保卫北京胡同的呼声，不但上了全国"两会"，也上了国务院的办公会。

2005 年，北京市向国务院上交了《北京城市总体规划（2004 年—2020 年)》，国务院在批复中，明确要求"加强历史文化名城的保护，坚持北京的历史文化名城和世界著名古都的性质，正确处理历史文化名城保护与城市现代化建设的关系，重点保护北京城范围内各个历史时期珍贵的文物古迹、优秀近现代建筑、历史文化保护区、旧城整体和传统风貌特色、风景名胜及其环境，继承和发扬北京优秀的历史文化传统"。

这一批示，等于给胡同的拆迁，下了一道"限制令"。从此，北京的旧城改造和胡同的拆迁变得慎重了，速度也缓慢了。

其实，早在 1990 年，北京市便编制和颁布了《北京旧城25 片历史文化保护区的保护规划》。这 25 片包括：南池子大街、南锣鼓巷街、北池子大街、西四北一至八条街区、南长街、什刹海地区、地安门大街、景山前街、琉璃厂东街、景山后街、琉璃厂西街、景山东街、大栅栏街、牛街、东华门大街、五四大街、西华门大街、文津街、陟山门街、东交民巷、国子监街、阜成门内大街、颐和园至圆明园街区等。

2003 年，北京市编制和颁布了《北京皇城保护规划》，规划保护范围约 6.8 平方公里。2004 年，北京市又编制和颁布了

《北京市第二批 15 片历史文化保护区保护规划》。加上原来的，共有 40 片历史文化保护区了。

2005 年，北京市编制和颁布了《北京历史文化名城保护规划》，这个规划对旧城提出了整体保护的措施，其中包括：保护北京旧城原有的棋盘式道路网骨架和街巷、胡同格局，保护北京特有的"胡同—四合院"传统的建筑形态，保护旧城传统建筑的色彩和形态特征，保护古树名木及大树，保持和延续旧城传统特有的街道、胡同绿化和院落绿化，突出旧城以绿树衬托建筑和城市的传统特色。

这些保护并不是纸上谈兵，现在已见诸行动，比如对旧城 40 片历史文化保护区内的胡同，不再像过去似的大拆大改了，而是采取了"微循环"，即保持原貌，有机更新危旧房，恢复原有历史文化特色的整治和修缮。这样的"修旧如旧"，既保持了胡同的原汁原味儿，也相应地改善了胡同人的住房条件。

2007 年，北京市对保护老胡同作出了一项大的举动，政府投入了 20 亿元的专项保护经费，对北京现有的主要胡同，进行解危排险，房屋全部修整一遍，不但外墙抹灰见新，而且对房顶和屋内做了"微循环"的修缮。

对老胡同的保护，实际上就是对北京这座历史文化名城的保护。2008 年奥运会期间，中外人士来北京，除了到赛场观看比赛之外，也要参观游览北京的名胜古迹，让他们最感兴趣的就是北京的胡同。

您也许不知道，北京的名胜古迹那么多，胡同却是最吸引中外游客的地方。2009 年，经过修整的南锣鼓巷，被评为北京最受中外游客喜欢的旅游景点。

20 年前，我从胡同搬出来，住进了楼房。5 年之后，我在一篇文章中写道："再过十年或二十年，北京的胡同会成为北京文化的博物馆。"

当时有人提出异议，北京有那么多的胡同，北京人就生活在胡同里，怎么会成博物馆呢？

当北京的胡同越拆越少的时候，当昔日的胡同变成大马路、大高楼的时候，当大多数北京人从胡同搬出，住在郊外的社区里的时候，当政府把胡同和四合院当作文物，提出重点保护的时候，胡同难道不就是北京文化的一个大博物馆吗？

现在看来，事实验证了我当年说的话没错儿。

十

北京的胡同是有味道的，我常跟外地的朋友说，你只有在胡同里生活几年，才能真正品出胡同的味道来。

胡同的味道是什么？是老宅门老房子的沧桑？是那种散淡、安闲与幽静？是浓浓的古道热肠的人情？让我说，也许都不是。

那胡同是什么味道呢？我告诉您：胡同的味道是博大精深的北京文化的土腥味儿，是老百姓喜怒哀乐、苦辣酸甜的生活味儿。这种味道，言语无法表达，您光从豆汁儿、爆肚儿里是品不出来的。

三十多年，北京城发生了巨变，但是胡同的味道却没变。当您走过宽阔的马路，穿过一栋栋富丽堂皇的高楼大厦，走进显得灰头土脸、土里土气的胡同，也许您的心会沉静下来。

　　在这种安谧祥和的气氛中，您会看到灰墙灰瓦上摇曳着的小草。那斑驳的大门和风化的门墩儿，在向您讲述胡同沧桑的历史。胡同里的古槐依然那么挺拔。抬起头，您会在这种恬静里，发现天空带着哨音的鸽群，您会在胡同的老人脸上，寻找到悠闲散淡的笑脸，您会在胡同里寻找到并不久远的记忆。

　　这时，您也许会发出由衷的感慨：三十年呀，北京城真是变了。可是细咂摸咂摸，胡同的味道并没变！

　　是呀，胡同的味道没变，北京文化的根儿还在！

　　这也许正是胡同特有的魅力！

大杂院变奏曲

　　说这话还是二十多年前，有位朋友告诉我，北京人生活中的几大怪里又添了一怪，"大杂院破平房，拆迁的时候把人拽"。

　　这话听着费解，二十多年前住胡同的北京人是渴望拆迁的。当时有句顺口溜儿："拆迁拆迁，一步登天"。

　　这句顺口溜儿两岁的孩子都会哼，怎么会冒出"拽人"这出戏？

　　后来我跟几位搞房改的头儿一聊，敢情"把人拽"的事一点儿不新鲜。

　　干吗拽呀？不拽他不动窝哇！

　　槐柏树街危房改造搬迁时，五六位老爷子抹了眼泪，舍不得住了一辈子的大杂院，舍不得整天打头碰脸的街坊，舍不得那些"值万贯"的破家当儿。

　　您说这大杂院有什么可留恋的呢？

　　北京的大杂院，您闭上眼都能把那场景描画出来：碎砖烂瓦破油毡，高矮不齐的小房搭得没有站脚的地方，赶上下雨，屋里漏雨，大杂院里成了河。

虽然当时人们的思想不开放，但大杂院永远是"开放"型的，谁家有屁大的事儿，都得在院里曝光。门户只能算是摆设，因为户与户只隔一层木板，家里有点儿事，一点儿不糟蹋，都进了隔壁人家的耳朵。家里有好事儿，您还能仰起脸来；坏事儿，那您擎等着眼珠子戳后脊梁骨吧。

提起大杂院，年轻点儿的北京人有几个不皱眉头的，不是实在没辙了，谁愿意在这儿糗着。

可是在上岁数的北京人眼里，大杂院却是另外一种情愫。您觉得住着憋屈不是，他却感到亲热。您觉得受限制吧？他却感到自在。您觉得住大杂院是一种煎熬吧？他却觉得是一种滋润。

老北京人的心气，有时真让人咂摸不透。

张明山老爷子赶上了"一步登天"那一拨儿，西坝河北里小区三居室，新楼四白落地，煤气暖气、厨房厕所，住着多滋润！

可老爷子自打搬进楼，就嚷嚷憋得慌，买了张月票，见天拎着鸟笼子，奔原先住的那条胡同跑。

见我纳闷，他挤咕挤咕昏花的老眼，意味深长地说："舍不得这方故土。这个大杂院瞅着不顺眼，但我住熟了，离不开了呀！"

我跟他打了个哈哈儿："那您干脆还搬回来得了。"

他咂巴咂巴嘴，无奈地苦笑了一下，叹息道："真搬回来也没意思了。老街坊们都搬走了，我再回来住，跟谁喝酒聊天去呀?"

看来他怀念的不是大杂院的"院",而是留恋大杂院里住的那些人。

也许人们的怀旧之情,跟雅居之念总是有距离的。

二

多年前,我在朝阳门外红庙西里小区宿舍楼,拜访了著名红学家周汝昌。

聊起胡同里的事儿,他对大杂院感慨万端:"我原先住的那个院本来是夏衍的,'文化大革命',他进了牛棚,原来住一家改为住了八家,情况可想而知。大杂院的特点是穷和破,从民族生活方式和传统文化看,京城最早的居民是单细胞的四合院,大杂院的出现是特殊历史背景下的产物和向现代化住宅发展的过渡。"

显然周先生对大杂院持否定态度。可他的女儿却笑着对他说:"大杂院这么乱和破,为什么当初让您搬楼房住时,动员了两年才肯挪窝呢?"

老人家沉吟道:"情感,情感呀!"

您瞧北京人对大杂院的心态多复杂。

我专程到北竹竿胡同一百一十三号院,看了看周先生住过的房子。

这是所典型的四合院,但已然被接出来的小房破坏了原来的格局,门框和窗棂的红漆早已褪了色,廊柱上贴着几年前春节,周先生写的一副对子:"五风十雨皆为瑞,万紫千红总是春。"

这是否能勾勒出住过大杂院的人的一种心境呢?

三

远了甭说,直到清朝末年,有钱的北京人没为住房而嘬过牙花子。

据周汝昌先生介绍,曹雪芹他爸爸在江南当官犯了事儿,纱帽翅儿丢了还被抄了家,回到北京,皇上赏给他十七间半房,作为安身之所。

一个犯了罪的人,还赏十七间半房,您咂摸咂摸,那当儿京城的房子富裕不富裕吧?

在城区特别是东西城,四合院像撒芝麻盐,房子一般都挺齐整。当时京城人口少,住房并不是费神的事儿。

大杂院最早出现在外城,生活在社会底层的穷主儿,挨着城根用碎砖烂瓦盖个遮风挡雨的小房,以后又扩展成了院。

随着社会向前发展,京城人口的增多,一家一户的四合院,也开始往进请房客,城内出现了"吃瓦片"的阶层。

不过直到北京解放,四合院还都"四合"着呢,虽然说几家十几家在一块堆儿杂居,宽也罢窄也罢,人们轻易不动砖动土张罗着扩建。

四合院的乱象,是在"文化大革命"和唐山地震以后出现的,"文革"开始,所有私有住房一律交公,原本独门独院的私房,住进了"红五类"。一家一户的四合院,一下变成了多家多户的院子。

但真正体现出这个"杂"字，是在 1976 年唐山大地震之后，先是院里搭起了防震棚。之后，防震棚改成了小厨房和自家的小房，你家搭，我家盖，相互攀比，抢占地盘，由此拉开了私搭乱建的序幕，使四合院的格局伤筋动骨，面目全非，成了名副其实的大杂院。

到了 20 世纪 80 年代，谁想在京城找个像样儿的四合院，真是比在脏土堆里捡煤核儿都难了。

北京有句老话："东直门的宅子，西直门的府。"什么意思？东城的大宅门多，西城的王府多。

东城区被列为国家、市、区重点文物保护单位的四合院有六十多所，原来东城区文物管理所的所长谭伊孝曾对我说："即便是文物保护单位的四合院，原有格局一点没动的也不多。拿东城来说，基本保持原貌的是东四八条 71 号那个院。"

四

东城区内务部街 11 号院，是属北京市级文物保护的四合院。

我查了一下《京师坊巷志稿》，这所宅子是乾隆时期，一等诚嘉毅勇公明瑞的府邸。明瑞死后，此宅为子孙世袭公爵公府，民国时被京城盐商岳乾斋买过来，成了私宅。

新中国成立后，这个院成为原中国人民解放军总政治部的办公处所，之后总政搬走，成了宿舍，后来逐渐演变成了大杂院。

因为我的朋友住在这个院，我常去他家做客，所以对这个大院比较熟。

这是一座非常有特色的大四合院，由三路多组的四合院组成，真是大四合院套小四合院，院子有东西花厅，院后有假山花园，是非常典型的清代建筑，如今昔日规整的院落，已被乱搭的小房和四处堆放的杂物，弄得失去了原貌。

这个大院设有院委会，当年我曾采访过院委会的委员康大姐。

那会儿，康大姐还不到60岁，说话办事比较爽快。她带着我在院里转了几遭。望着院落的断垣残壁，院门塌陷的石阶，院子里苍然的古槐，我能深切体味到这个老院的沧桑。

据当时在院委会当主任的小蔡介绍，这个院住着171户，500多口人，分布在80多个工作单位。

一个住着171户人家的院子，真称得上京城数一数二的大杂院了。

这个院住过将军梁必业、作家王愿坚，后院的两间南房前边接出一截围着小栅栏，是电影演员姜文、姜武的家。

姜文哥儿俩是在这个大院长起来的，后来，他导演的电影《阳光灿烂的日子》的许多场景，就是在这个大院拍的。

这房子是姜文父亲单位分的，姜文出名后，他的父母依然住在这个大杂院，他每次外出拍完片子都要回来，跟父母在这简陋的小屋住几天，表现一下孝心，也回味一下大杂院的生活。

五

土生土长的北京人谁没住过大杂院？解放前，北京有几座楼房呢？有，也得在前边加个"洋"字，自然跟一般市民无缘。

有人说，北京的历史文化和风土人情都是从大杂院里派生出来的。

这话不假。老北京人就生活在大杂院里嘛。

在四合院没有成为大杂院的时候，北京人是以四合院引为骄傲的。有人考证京城的四合院始于十二世纪。皇都嘛，四合院受封建等第与个体经济的限制，布局中渗透着宗法观念与风水迷信的内容。

从文化的角度看，四合院与西南各地的穿斗廊楼，西北高原的屋台洞窟，少数民族的土筑石舍、毡房篷包，江南水乡的河街架筑、怡水敞轩，皖闽湘赣的青砖素墙、窄巷高垣，形成了不同的建筑风格和文化气息。

院子布局严整，院落敞亮，东南西北房，长幼有序，各居其室，老家儿（父辈）住正房，小辈儿住厢房或南房。

院子有砖墁的十字甬路，通到各屋，街门都在东南方的"巽"位上。清水脊的门楼，两扇对关的街门，旁边两方石礅为上马石，讲究点的四合院还有影壁、垂花门、回廊。

房子磨砖对缝，黄松木架，风火双檐，上支下摘的窗户，院子里栽上槐树、枣树、丁香，夏天搭上天棚，"天棚、鱼缸、石榴树"，老北京对此真是回味无穷。

北京的老作家萧乾，这辈子走过不少国家去过不少城市，可是甭管走到哪儿，也忘不了北京的大杂院，忘不了一到下雨，和面的瓦盆、搪瓷脸盆甚至尿盆，在小屋接雨时奏出的交响乐。

大杂院的魅力在于它的文化氛围。老舍先生是在大杂院长起来的，他的《四世同堂》也好，《骆驼祥子》《龙须沟》也好，写的都是大杂院里发生的事儿。

他去过英国，去过美国，可是他说："不管我在哪里，我还是拿北京作我的小说的背景，因为我闭上眼想起的北京是要比睁着眼看见的地方更亲切、更真实、更有感情。"

您听听他对咱北京爱得有多深！

《四世同堂》是他在重庆和美国写成的，但是他对"小羊圈胡同"的大杂院，描写得那叫具体。

敢情小羊圈胡同就是新街口附近的小杨家胡同，这条胡同的 8 号院是老舍先生的出生地。在《四世同堂》里，它成了祁家的院子，大杂院留给作家的印象太深刻了：

"它们是自自然然地生活在我的心里，永远那么新鲜清楚，一张旧画可以显得模糊，我这张画的颜色可是仿佛渗在我的血里，永不褪色。"

作家陈建功说，离开大杂院，我简直写不出东西来。他所说的大杂院，显然是大杂院所浸透着的市井文化。

他最成功的作品是写大杂院的京味小说。尽管他已然由大杂院搬进了楼房，可时不时还要到大杂院走走，寻求创作灵感。

六

北京人历来是随遇而安的，甭管住高楼还是住大杂院，都能找到自己的乐儿。

北竹竿胡同 6 号，称得上是典型的大杂院了。院子紧贴从前朝阳门城墙的墙根儿。

据从小在这院里长大的张连成老爷子说，早先这儿是个大空场，煤铺掌柜的在边儿上堆了许多煤，以后成了大车店，后来又改为卖鸡蛋的小市，左近的人都叫它"鸡蛋大院"。

我见到张连成老爷子的时候，这个大杂院住着71户人家，小房盖得大院套小院，小院套"胡同"，过人都要侧着身。

我在居委会两位主任的陪同下，探访了最老的住户谷老爷子，他那年七十八岁。

老人说："我从十岁就在这院住，赶了一辈子大车，眼下儿女都大了，我跟儿子一块堆儿住。"

我猫腰进了他住的小屋，太黑，白天都要点灯，两个大鸟笼子迎门，"百灵"在里叫得正欢，床上狗皮褥子上摆着一对铁球，电视里播着京剧。

"挺好，挺知足！"老爷子皱皱巴巴的脸上裂开笑纹。

一位胖乎乎的大嫂凑过来道："甭瞅院子乱，大家都挺和美，街坊四邻谁家有了难处，各家都能伸把手。这不，头些日子电线老化要增容，大家伙儿都自动掏腰包。"

另一位老爷子道："住这儿几十年了，没别的想儿，盼望国家再富点，拿出钱来多盖房，我们早点儿搬迁。"

临近春节，院子里弥漫着炖肉的香味，气氛很祥和，瞅着居民们脸上对生活充满的喜悦之情，瞅着低矮的门楣上贴着的"五好家庭"的小红条，让人心里涌起一股暖流。

首都在前进，随着一幢幢高楼的拔地而起，大杂院将要成为历史陈迹。人们告别大杂院，搬入新楼时，对生活了几十年的大杂院，总会含有一种难以割舍的留恋之情。

它像咱北京的"二锅头"酒一样，味儿那么醇厚浓烈，这种韵味儿是在楼房里找不到的。

知道这一点，对一些海外游子故地重游时，放着高级宾馆不住，宁愿住大杂院就不难理解了。他们是寻找逝去的幽情，重新体味那种神韵。

政府正在把保存完整的四合院加以修整，有的宾馆也在搞成庭院式的建筑。也许再过几十年，我们只能从记忆中，去寻找大杂院，在文物保护单位去重温大杂院的情趣了。

花市寻根

一

花市，老北京人都知道它不是市，而是一条胡同，不，它得说是一条大街。

花市，老北京人都会晓得这个花，不是鲜花，而是当年北京人最喜欢的簪花，又叫绢花。

花市，老北京人都明白花市的"花"，在口语中，一定要加儿化音，念"花儿市"。

花，加了儿化音，说出来是那么朗朗上口，那么喜兴，那么小巧玲珑，那么让人回味。

的确，花市是老北京最有味儿的街巷之一。这条街，每个店铺，每棵老树，每块砖头，每一片土地，都散发着浓郁的京味儿，都沉淀着丰厚的历史文化，都能讲述一段让人感到缠绵而留恋的故事。

花市，在古老的京城算是比较长的街道之一。它西到崇文门外大街，东至白桥，全长约两千米，以羊市口为界，分为东花市与西花市。

此外，在这条街上，还"套"着不少小胡同，这些小胡同也以花市命名，有花市头条、花市二条、花市三条、花市四条及花市上、中、下，一至四条等胡同。

老北京从西花市口到小市口约一千米的地面，就有三百来家老字号店铺，由此可知当年花市商业繁荣的盛景。

翻开老北京的地图，您会发现南城有两条东西走向的长街：一条是东起广渠门，穿过广渠门内大街、珠市口东大街、珠市口西大街、骡马市大街、广安门内大街、广安门外大街，到广安门，这就是现在的"两广路"。

另一条是东起白桥，经花市大街，到东兴隆街、西兴隆街、鲜鱼口，再往西过大栅栏，穿过煤市街，往北一斜，往西走杨梅竹斜街，进东琉璃厂，再往西进西琉璃厂，过前青厂，到宣武门外大街。

这两条长街，可以说是明清以及民国时期，老北京南城重要的商脉，而花市则是这条商脉上的重要经络。

二

老北京的崇文门，因为是"税门"，在内城的九个城门中，占有重要的地位。花市就在崇文门的眼皮底下。

花市之所以成为花市，花市之所以中外闻名，就因为它是崇文门城墙根下的一条老街。

花市的历史至少有六百年了。今天的花市已今非昔比。

花市大街西口的新世界商场和国瑞大厦，两个现代化的庞然大物，像是两个身强力壮的大小伙子，站在那儿，俯瞰这条老街。

当花市大街中部、东部新起的花市枣苑等一批新型住宅楼的高大身躯，遮掩住这条老街的时候，让我们透过历史的烟云，穿过时光的隧道，来追溯一下这条老街昔日的影子。

元大都时代，崇文门叫文明门，俗称哈达门、哈德门（因哈达大王府在门内而得名），它与顺承门、丽正门依次并列，是大都城垣南面的三个城门。

文明门外水草茂盛，人烟稀少。西来的金口河与穿宫墙而过的通惠河相汇于文明门下，所以这里水木清华，园池相构，建有许多私家园林和府邸。

明代的北京，城墙南移，文明门改为崇文门，成为内城的城门。因此处离皇城较近，而且河道纵横，林木清幽，所以寺庙道观林立。

从史料上能查到的就有关帝庙、天仙庙、土地庙、崇因观、卧云庵、无量庵、卧佛寺、白云寺、万神寺等二十余座庙宇，香火盛极一时。

到了清代，花市一带的寺庙仍然很多，不夸张地说，几乎是三步一庙，五步一寺。

有名的有圣泉寺、三元寺、弥勒寺、药王庙、普陀寺、灶君庙、忠义观、崇兴寺、土地庙、三清观、宝庆寺、九泉积善寺、地藏庵、天龙寺，还有回族的礼拜寺等等。

有庙就有"会"。明清两代，花市有三处庙会，当时在京城都很有名：一处是火神庙，一处是灶君庙，还有一处是东北角的蟠桃宫。

每到开庙之际，全城的百姓几乎都到这里进香和游乐，庙

会摊棚林立，百戏杂陈，人山人海，盛极一时。

庙会带动了花市商贸的繁荣。

花市离崇文门很近，崇文门在清代又是税关。清代"京师九门皆有课税，而统于崇文一司"。外地来京做买卖的货商，都要在崇文门税关纳税。税关对花市商贸的发展有直接的影响。

当年花市一带，不但商旅留宿的客栈（旅馆）很多，而且还有一些会馆，如上二条的苏州会馆，四川营的金华会馆，手帕胡同内的齐鲁会馆，崇文门东侧的乔山会馆、三晋会馆，缨子胡同的延邵会馆等。

如今这些客栈、会馆已湮没在历史的烟云之中。

三

花市这条有六百年历史的老街，最有特色的当属花了。花市的花指的是绢花。

《旧都文物略》中说："彼时旗汉妇女戴花成为风习，其中尤以梳旗头之妇女最喜色彩鲜艳、花样新奇的人造花。"

清代的京城，甭管贫富，妇女发髻和旗袍上不戴一朵两朵绢花，就好像缺点儿什么似的。这种风习一直延续到北京解放前。

绢花也叫簪花，是用绢、绸、缎、绒、绫、纸等不同材料做成的人造花。

相传，妇女头上戴花这种习俗始于唐代。有的说是杨贵妃，有的说是武则天，头上长疮落下疤痕，为了遮掩，头上戴朵鲜花。

但鲜花不可能老是鲜的，到了冬天很难找鲜花。太监出主意以假花替代，颇讨她们的欢心。宫中妃嫔以此为美，纷纷效仿。后来传到民间，渐渐成为习俗。

花市的地名，在明代张爵编的《京师五城坊巷胡同集》中，并没出现，而是到了清光绪十一年（1885 年）朱一新编的《京师坊巷志稿》里，才有花市的街名。

清代以前，花市叫火神庙，火神庙每旬逢四有庙会。明代以来，它与西城的护国寺、东城的隆福寺、宣南的土地庙并称京城"四大庙会"。

火神庙的庙会以卖绢花为主，慢慢儿地人们把火神庙的庙会称为花市。后来干脆以花市当了地名。

当年火神庙周围，聚集着很多绢花作坊。这些"花作"（做绢花的作坊）通常是家族性的，做的绢花，直接拿到庙会上出售，后来渐渐形成了前店后厂的"花局""花庄"（即出售绢花的店铺）。

"花局"门脸儿并不大，但数量很多，在火神庙的大街面儿上，"花局"一家挨着一家。

据《旧都文物略》记载："各街市花庄及住家营花业者，约在一千家以上。"

可以想见，上千家经营绢花的店铺集中在花市，那是怎样争奇斗艳的盛况。花市真是名副其实的花市。

当时四九城的百姓要买绢花，必到花市。花市各个"花作"的工匠，为了招揽生意，尽显其能。一双巧手，把大自然中的百花模仿得如真如幻，花样儿不断翻新。

花市在上百年的花的世界"演义"中，出了许多名闻遐迩的能工巧匠，如"花儿刘""花儿金""花儿高""花儿龚"等。其中"花儿刘"做的绢花，在巴拿马万国博览会上获过奖。

"花儿金"五代人做绢花。第一代叫金桂，第二代叫金广文，第三代叫金保顺，第四代叫金玉林，第五代叫金铁铃。

我曾采访过"花儿金"的后人，跟金铁铃也是朋友，并在《北京晚报》发表了《"花儿金"和他的后人》的京味儿报道。特别介绍了"花儿金"的第四代传人金玉林。

新中国成立后，他做的绢花组成的大型花车，多次参加国庆节游行，并且多次在全国工艺美术展中获得大奖。

邓拓先生曾在《人民日报》上介绍过金玉林的事迹。他是北京市政协一至四届委员、崇文区一至五届人大代表。他参加过 1959 年全国"群英会"，受到毛泽东、刘少奇、周恩来等党和国家领导人的接见。

由此可知绢花在京城的影响力。绢花在中国的工艺美术中，算是北京独有的工艺，因此，绢花也被称为"京花儿"。新中国成立后，花市的个体"花作"，在 1956 年公私合营时成立了生产合作社，以后在这基础上组建了北京绢花厂，制作的绢花远销欧美十几个国家。绢花为北京争了光。

四

老北京的花市，以花闻名，但当年火神庙的庙会上不光卖花，百货杂陈，山货土货、古玩玉器，以及曲艺评书戏法掼跤等等，应有尽有。

东花市有瓜市、骡马市，铁辘轳把胡同有鸟市，羊市口的青山居以攒货场（玉器古董市）而闻名。

花市大街在南城与前门大栅栏、珠市口、菜市口、鲜鱼口等老商业街齐名。这条主街的店铺一家挨一家，经营的商品门类齐全。

许多老铺驰名中外，如经营古董玉器的青山居，经营副食杂货的吴元泰，经营牛羊熟肉的内明远，经营布匹绸缎的协成生，经营绒线服装的三义厚，经营阳泉铁锅的上义栈，经营香油麻酱的大有蔚，经营文具纸张的崇源亨。

还有启元茶叶庄、庆福斋、天福斋饽饽铺、福源长、福源永干果海味店、吴魁元羊肉铺、德寿堂、万草堂以及万全堂、千芝堂、庆仁堂等药铺。

新中国成立后，特别是到了 20 世纪六七十年代，花市是南城的主要商业街之一。花市西口的花市百货商场、副食商场、日杂商店、新华书店以及电影院、浴池，在南城都是数得上的。

改革开放以后，老崇文区政府投巨资对古老的花市大街进行了改造。老的花市百货商场拆了，在原址建起了金伦商厦。"金伦"在 20 世纪 90 年代初，在京城各区的百货商场中首屈一指，也火了几年。在商厦东侧建起了花市新华书店。当时它的营业面积在北京堪称第一。许多新书的首发式是在这儿搞的。

我当时住家在东便门，花市是我经常逛的地方。我在花市新华书店买过不少书，在花市电影院看过几部电影，也常在老汇生浴池即西花市浴池泡澡。在我的印象中，南城除了前门大栅栏、菜市口、珠市口，花市是最热闹的地界。

五

花市的文化底蕴非常厚实。我曾在《北京晚报》撰文，说它是北京民俗风情的"博物馆"。

过去有些人总说原来的崇文区是"穷文区"，"穷崇文破宣武"。其实，就花市而言，当年的一些老宅门，不逊于东城和西城。比如花市三条曾有一处很大的府邸，名曰"查氏园"。此园林木葱郁，池馆清幽，是这一带的名园。

查氏园，疑是浙江海宁查家的园子。海宁查家在清康熙王朝于京城盛极一时。查家哥儿三个，老大查慎行、老二查嗣琛、老三查嗣庭及慎行的小儿子克建，共出了四个进士，深得康熙皇帝器重。遗憾的是到了雍正王朝，因文字狱获罪。查氏是当今著名武侠小说家金庸的先祖。

近现代史上不少名人在花市居住过。如民国元老于增祐，国学大师梁漱溟，京剧名伶侯喜瑞、李多奎、马连良，象棋大师张德奎等。末代皇妃文绣最早也住在花市上头条。

当然，花市最吸引我的不只是花儿，也不仅是市。我认为从京味儿文化的角度来说，花市最诱人的是这里的五行八作。

老北京的花市是各种手工作坊的汇集之地。这儿不仅有数百家做绢花的作坊，还有许多民间工艺作坊，主要集中在上三条和上四条，如玉器作坊、珐琅作坊、象牙雕刻作坊、花丝镶嵌作坊、雕漆作坊、料器作坊、宫灯画片作坊、挑补刺绣作坊、织布作坊、麻绳作坊、旋活作坊、染纸作坊、铁器作坊、家具作坊、洋车行等等。这里简直可以称为京城民间手工艺大师的摇篮。

事实上，北京工艺美术界的许多大师都是从花市走出来的。花市本身也造就了不少有名的工艺美术师，如"花儿金""葡萄常"等。

20世纪80年代，我多次穿行于花市大街，曾在花市采访过八卦掌名师"眼镜程"的后人，采访过京城玉器行"四怪一魔"之一的"鸟儿张"张云和，采访过"葡萄常"的后人，采访过京城曲艺名家高凤山。

花市曾住过我的同事和朋友，当时，我常去这些朋友家串门儿。每次走过花市大街，我都能感受到老街古朴的民风，感受到京味儿文化所具有的浓烈色彩。

六

花市是一条很有意思的大街。从花市西口，走到花市东口，你能体会到古都特有的韵味儿，尤其是到了年节。

进西口，你会感受到繁华热闹的商味儿，西口的商场和专营店最多，在浓厚的京味儿文化中融入了现代化的气息。

沿着这条大街往东走，你会越来越感到老街应有的安宁。临近小市口，突然街道两边又热闹起来，老字号店铺一家挨一家。再往东走，步入东花市，老街又渐渐静下来。

在这条老街体味这种文化节奏感，你会从中感到这是历史的凝重与现实的跳跃相交融的韵味儿。

花市大街变了。进入21世纪，这条老街开始大整容。如果说 20 世纪 90 年代初，东花市虎背口小区的兴建，拉开了花市老街改造的序幕，那么可以说，现在的花市枣苑等一批新型居民楼的大举动工，把花市老街改造推向了高潮。

花市老街的古建很多。原崇文区政府在改造这条老街过程中，加强了对这些古建的保护，比如建于明永乐十二年（1414年）的花市清真寺，"文革"期间，破坏比较严重。区政府在老街改造中，投巨资重新进行了维修，恢复了原貌，成为花市一带回民宗教活动的主要场所。

花市大街确实太老了。20 世纪 80 年代以前，我到老街采访，许多居民住在破败不堪的大杂院里，有的祖孙三代挤在一间十多平方米的小屋。那会儿，住在小平房的人们一下雨就发愁，担心的不只是漏雨，而是年久失修引起的塌方。

花市是京城居民最密集的居住区之一，现在经过大规模的危房改造，花市的许多居民搬进了楼房，告别了昔日杂乱破败的大杂院，过上了幸福的小康生活。

古老的花市阅尽了人间沧桑，在改革开放的春风沐浴下，旧貌换了新颜。

现在的花市，已经基本找不到当年老街的影子了，只有路边饱经风霜的老槐树，还能作为这条老街的见证人，在阵阵秋风里，向人们讲述着老花市的故事。

当然，现在的花市，也很难寻觅到绢花了，北京的妇女们早已告别了出门头上戴绢花的习俗。

2008 年北京举办奥运会的前夕，听说有关部门为装点市容，需要大批的绢花，北京竟无做绢花的工厂，不得不到河北省的乡镇企业去采购。

这个消息让我心里很不是滋味儿。要知道，绢花可是当年的京花儿呀！花市的绢花作坊有上百家，如今竟没留下一家。

为此，我专门到花市走了一圈儿，不是为了买绢花，而是寻找老绢花作坊的遗迹。遗憾的是眼睛睁得比煤球都圆，却愣没找到一处。

让我怅然的是如今的花市，不但找不到绢花的影子，连当年花市的古风古韵也很难寻找了。

一切都恍若隔世，一切都是那么陌生。而新与旧的更迭却又是如此神速，如此干净利落，真是让我始料不及。

面对新盖的一栋栋漂亮的居民楼，面对着已拓宽的马路，一种莫名其妙的失落感油然而生。有六百多年历史的花市，难道就这么迅速地在北京的城市版图上消失了吗？我简直难以置信。

但我又不得不相信，因为眼前的一切告诉我这些都是真的。

我走在人流中唏嘘，我站在老槐树下叹息。年轻的姑娘嬉笑着从我面前走过，年老的长者神态自若地从我眼前走过，还有那些活泼可爱的儿童，人们似乎早已忘记了昔日的花市，只有我在默默地在为它的消逝暗唱挽歌。

突然一辆私家车的喇叭声，惊醒了我的沉梦。我蓦然省悟：我现在身处的是现代化的花市。这还有什么可说的呢？

广外回眸

一

手头有一张原来宣武区的行政区划图，竖着瞧，怎么看怎么像一个戴着官帽的老头儿。

当年宣武区的区划，像拿刀切的似的那么齐整。北部边缘是内二环路的西部延长线，东部是前门外大街到永定门内大街，南部捋着南护城河一直向西延伸，这一区域分布着广内、牛街、白纸坊、椿树、陶然亭、大栅栏、天桥7个街道。

从地图上看，这些街道划分得如同豆腐块那样齐整，只有"老人帽子"这一区域，即广外地区的边缘有些弯弯曲曲。

从面积来说，广外地区在老宣武区最大，4.99平方公里，是椿树街道1.1平方公里的4倍多，"官帽"压在"老头儿"丰颐的脸上有些沉重。

当然，说这些街道属于宣武区已经过时了，因为宣武区在2010年7月，已经跟西城区合并，"宣武"作为区的名称已成为历史，所以，我的这篇文章涉及宣武这个区名时，不得不加个"原"字。

二

以前，老北京人说到原来的宣武区，大都是"城南"的概念。林海音写的《城南旧事》，其实就发生在宣武区。

老北京说的"东富西贵、北贫南贱"，这个南，也是指"南城"。

老北京人眼里的"城"，指的是"内城"，从原宣武区的区划来看，并不都是在"内城"，您别忘了还有广外地区呢。

按老事年间的说法，广外属于"城"外了，因为在老北京，广安门属于外城。

广安门当年也叫彰仪门，是北京城通往南方城市的重要门户之一。出广安门奔卢沟桥，过涿州，走保定，就可以一直往山东、河南走下去了。

这条道，过去也叫官道，因为当年北京地面归直隶管辖，直隶总督曾设在保定，官员们往来频繁。

广安门外的寺庙很多，但最有名的应该是五显财神庙。

这座庙的原址在六里桥附近，从史料图片上看，五显财神庙坐北朝南，有山门、大殿、后殿、东西配殿，还有戏台。大殿、山门、戏台都是大式悬山顶、筒瓦、调大脊，完全是大庙的建筑格局，而且占地广阔。最初建于明代，清代多次维修，到北京解放前，寺庙的建筑依然保存完好。

这座财神庙规模不是很大，但在老北京名气不小，传说这儿的五位财神爷比别的庙灵，烧几炷香，拜一拜，准能发财。

估计是几个走财运的主儿，拜过这五位爷后当了大财主，传扬出去的。后来，这事儿一传十，十传百，来这儿给财神爷磕头的越来越多了。

您想，谁不想发财呀？尤其是做买卖的，对广外这座财神庙格外信服。所以当年广外的财神庙，庙小神通大，非常有名，香火极盛。

我摘两段古籍中的描述，您就知道这儿当年的盛况了。

清代的《道咸以来朝野杂记》中说："五显财神庙每年正月初二及九月十七香火甚盛，都人求财者群往烧香，神像五座，皆短衣威猛，非峨冠博带之像……相传祷之可发财，故相沿至今。"

清末的《天咫偶闻》中载："广宁门外财神庙，报赛最盛。正月初二、九月十七日，倾城往祀，商贾及勾阑尤伙，庙貌巍焕，甲于京师，庙祝更神其说，借神前纸锭怀归，俟得财则十倍酬神，故信从者益多，而庙祝之利甚溥。"

据说，这种盛况到新中国成立初期还能见到。大约在1990年的时候，我和两个朋友骑车到六里桥，寻访过这座老庙。

当时的财神庙已经成了一所学校。我们进去转了一圈儿，老庙的一些殿堂还在，改成了教室，校门口有几棵老树，大概是老庙留下来的，院子的旮旯扔着几块残碑。

我们转了半天，也没看见那五位财神爷（塑像），估计在"文革"的时候，让红卫兵给砸了。后来听说这座有名的财神庙，在1987年修京石高速公路的立交桥时，给拆了。现在这座老庙只能在记忆中寻觅了。

有几次坐车走到六里桥，我想起了这座财神庙，假如不拆，把它保留下来，是不是会给广外地区多一处文物古迹呢？

而且现在这里居民很多了，有这座庙，每年春节搞搞庙会，不是也很热闹吗？

三

广安门曾叫广宁门，当年北京做买卖的人正月初二和九月十七，到五显财神庙拜财神，是生意场上的"必修课"。从上面的史料中，您会知道，为什么老北京人"倾城往祀"？因为传说庙里的财神非常灵验。

去五显财神庙必走广安门。那会儿广安门还有城楼和护城河，所以广安门内外当年相当热闹。关于这段历史掌故，在我的长篇小说《大酒缸》中曾有详细描述。

正月初二拜财神，是老北京的重要民俗，如同大年三十放鞭炮、包饺子一样。当然拜财神带有迷信色彩，但当它变为民俗之后，便带有民间文化娱乐的性质了。

因为财神庙的庙会在当时也挺有名，庙会上有各种杂耍和小吃、民间玩意儿等，非常热闹。

除了财神庙，广外地区还有个叫小红庙的地名。别看叫小红庙，地名的范围却不小，分为南小红庙和东小红庙两个居委会。

红庙，就是关帝庙。为什么叫小红庙呢？我曾问过广外的老住户，说法不一。一种说法是原来这一带有两座关帝庙，一座大的，一座小的。大的叫红庙，小的呢，就叫小红庙。还有一种说法是，这里原本就是一座小的关帝庙，因为它小，所以叫小红庙。

老北京的寺庙里，关帝庙最多，有人考证，曾经有二百多座。有的直接叫关帝庙，也有的叫关公庙、红庙、白庙等。

别的不说，现在北京的地名里叫红庙的有七八个。至于说广外地区，当年的关帝庙也绝对不止一个，所以说这两种说法皆有可能。

我查了一些史料，但没找到这方面的记载。其实，这种考证意义也不大。因为甭管是一个是俩，是大是小，庙早就没了。

庙是没了，地名留下了。现在人们说地名时，依然以庙相称："您住哪儿?""小红庙。"小红庙成了地区的代名词。

四

小红庙在广安门火车站的西边，当年我所在的单位北京市土产公司在小红庙有个仓库，这个仓库面积很大，因为存放的都是草帘子、草垫子、草袋子等草制品，所以公司里的人都管它叫"草库"。

后来这个"草库"被公司改成了职工学校。20 世纪 80 年代初，我被公司调到这个学校当副校长，在这儿工作了两年多的时间，所以我对小红庙比较熟。

当时，小红庙一带，尤其是"草库"附近，可以用"寒怆"俩字来形容。如果说这俩字不贴切，那我再预备俩字："破败"。

过了广安门火车站往西，有条铁道，铁道东边是条臭河。河两边垃圾成山，河西边是一片菜地，南边有几排平房宿舍，夏天这里成了苍蝇蚊子的天下，河水臭得能把人熏一跟头。

这一带还很偏僻，离公交车站得走二十多分钟，土路坑坑洼洼，走道稍不留神就得绊一个跟头。还甭下雨，一下雨，这儿就成了河滩，能养鱼虫儿。

公司在这儿盖了二十多间宿舍，白给，头儿还得做动员，也没人愿意来这儿，跟苍蝇蚊子做伴儿。

小红庙又破又脏吧，广安门外也好不到哪儿去。当时我家住在建国门，每天骑自行车，沿着长安街，穿宣武门内外大街，过菜市口，走广内外大街，这一路走下去，可以说越走越有城外的感觉。过了广安门的护城河桥，进入广外地区，破败荒凉，甚至杂乱之感油然而生。

20世纪80年代，距离现在不过30年，当时与繁华热闹的菜市口只有几里地的广外地区，给我的印象就像郊区。

路面狭窄，路两旁的店铺也多是小饭馆，卖烟酒的小副食店，卖土特产的杂货店，卖针头儿线脑儿的小百货店，修理自行车的门市部，黑白铁门市部，卖轮胎的，卖农产品的，店铺一个个的是那么灰头土脸，门脸儿寒怆，毫无生气。

离小红庙不远有几家较大的工厂，一家是五星啤酒厂，一家是北京第二机床厂，再远一点还有北京钢厂，后改为特殊钢厂。手帕口往北，状况好一些，有几家商业公司和宿舍。

在我的印象里，手帕口往南，除了这几家工厂外，几乎没什么大的企业。当然也没有什么像样儿的商店。

由于"北钢"在这儿，天宁寺附近还有"二热"（北京第二热电厂）的两个大烟囱，加上当时居民烧火取暖都用煤炉，使广外地区的空气污染非常严重，平时骑车走在路上，总能嗅到一股硫黄味儿，天空也是雾蒙蒙的。

　　我是在城里的胡同长大的，当时学校里的教师和职工也大都住在城里，虽然城里的住房非常紧张，但是谁也不愿住学校旁边的宿舍。

　　有个刚结婚的老师，婚后没房。我劝他要"草库"的平房吧，也许将来这一带会拆迁改造呢。

　　他反问我：你怎么不住呢？是呀，我当时住在建国门，每天上下班骑车要走一个小时，在这儿要间房，住着多方便，可是这儿的环境实在是太恶劣了，我无言以对。

　　后来，这位老师也不知怎么想明白了，要了这儿的两间平房，但也是要房不住人，房子一直空着。他在城里借了一间十平方米的房子，过着蜗居式的生活，反倒心安理得。

　　我当时正在红旗业余大学上"业大"，班里有个姓杨的同学住在广外，因为我的工作单位离他家很近，所以我们成了朋友。

　　他爸爸是二机床的钳工，还给我们学校干过活儿。我也接长不短儿地去他家，有时赶上饭口儿，也吃碗他爸爸做的炸酱面。

　　这位姓杨的同学，我叫他杨子，比我小两岁，喜欢作诗，算是个文学青年吧。他当时最大的心愿就是逃出广外（不在这地方住）。业大毕业后不久，他终于如愿以偿，跟两个中学同学去了加拿大，先在那里打工，后来做了买卖。

几年后，他回北京探亲，我们一起吃了顿饭。我问他还回去吗？他说当然回去，在加拿大打工比北京苦，但在那儿住着舒服，比我住广外强多了。

不知道为什么他那么厌恶广外。他回加拿大不久，把他的父母及妹妹都接到了加拿大住，还入了加拿大国籍，广外的老宅子也不要了，有点儿终于脱离"苦海"的感觉。

六

在学校当了两年多副校长，大概在 1984 年，我离开了广外，调到北京市委商贸部，后来又到市委统战部工作，再后来到《北京晚报》当了记者，一晃儿有近三十年没回小红庙了。

大概是 1995 年，我碰到了当年学校的那位要"草库"平房的老师。他告诉我平房已经拆了，原地盖起了新楼，他现在已经搬到小区住了。

言谈话语中，他对我带有感激之情："多亏了当时你让我要那儿的平房，要不我怎么有可能住上楼呢。校长，还是你有眼光，看得远。"

我跟他一起回忆当时在学校办学时的艰苦与闲适，对广外地区的变化也感叹了一番。

我说："谁能想到广外会变化这么快呢？早知道这样，我也要一间平房了。"

2003 年，北京闹"非典"的时候，有个浙江的朋友开车接我去他家做客，路上他只说住在广外，并没说具体在哪儿。

车过广外大街，让我眼前一亮，当年手帕口的铁路桥已经变成了立交桥，宽阔的马路两边一栋栋高楼大厦拔地而起，大型超市，高档酒楼，霓虹灯闪烁。

这是当年的广外吗？我简直有一种恍若隔世的感觉。

我的朋友带我走进他住的小区，小区的楼群建得新颖别致，显然属于"高档"。

我问他这里是哪儿？他说这里叫小红庙。

小红庙？真是让我大吃一惊。

我想了想小区的位置，这不就是当年我工作过的学校吗？

"草库"改建的学校早已拆了，原址建起了小区。广外大街简直变了一个样儿。再给我一双眼睛，我也辨别不出来。

这是 20 年前的小红庙呀！

跟朋友聊天，才知他在小红庙一带待了十多年。他家现在住着 130 多平方米的楼房，装修考究，家具陈设也很雅致。

在他的客厅里品着香茶，我不禁想起 20 年前，在我同事家的小平房里做客，苍蝇撞脸的情景。这真是一个天上，一个地下的感觉。

七

朋友告诉我，现在广外地区的房价已经达到一平方米四千多了（当时的价儿）。想想当年学校分给职工的宿舍，谁也不愿去的往事，让人感慨万千。

当时这个朋友对我说，你也在这儿买套房吧。我问道："这儿的房价是多少？"朋友说："一平方米不到四千块。"

那会儿，北京的房价还不高，广外地区的房价比其他地方要低一些，但是当年广外地区的记忆在我的脑子里留下了阴影。

记忆中的阴影一时还挥之不去，房价再便宜，我也不想在这买房，我说出了自己的想法。

我的朋友把我笑话了一顿："你呀，真是个书呆子，买房就是为了住吗？手里有闲钱，趁现在房价便宜，买两套存着，等将来房价上去，你再卖喽，不比你把钱存银行得到的那点利息多？不瞒你说，我在这个小区买了不止这一套，我买了3套，还贷了一百多万的款，这叫投资，懂吗？"

我在晚报当记者，难道投资买房这点常识还不懂吗？但我天生不是做买卖的材料，也许钱砸到我脚面上，我都不知道应该把它捡起来。

当然，那会儿不单是广外的房价低，京城哪儿的房价不低呢？可我却压根儿就没有这种投资意识。我始终认为买房就是为了自己住，有一套房够住就行了。

广外地区现在已经是西城区重点发展的区域。改革开放之初，当大栅栏、天桥等街道的经济起飞时，这一地区还是一块未开发的处女地。随着北京城区的扩大，当广外地区也纳入城市中心区时，这里的地价自然会打着滚儿地往上翻了。

当然，由于北有北京西站，东有广安门车站，西有京石，南有京开等高速路，这一地区在经济发展上得天独厚。

这几年北钢、二机床等工业企业陆续迁移，又给此区域的发展腾出空间。离小红庙不远的马连道，从几个茶叶店发展成全国闻名的马连道茶城的实例，就说明这一地区发展的潜力。

八

2010 年的春天，住小红庙的那个朋友又邀我去他家做客。再次走进广外地区，跟 10 年前相比，又发生了很大变化，这一带已经成了繁华热闹的商业区。

我的朋友已经搬进了一处更高档的小区。住房面积有 400 多平方米，同一层楼的两个大户型的房子让他给打通了，室内装饰显得很豪华，家具一水儿的红木。

他告诉我，他已经把原来小红庙的那个小区的 4 套房给卖了。买的时候一平方米 3800 元，卖的时候一平方米 18000 多元，这 4 套房子让他发了一笔财。现在他住的两套房，买的时候一平方米 13000 元，现在已经涨到一平方米 23000 元了。

他对我说："当初劝你买，你不买，要是听我的，你早就发了。"

我挺佩服这位浙江人的眼光，不管怎么说，他靠倒这几套房子发了财。而且从某种意义上说，他是有经济头脑的，因为他一没违法，二没违规，走的完全是正规渠道，只能说他抓住了机遇。

这些年，不知有多少外地人像他这样，通过倒房子在北京发了财。但我不会嫉妒他，也不会因为失去这种唾手可得的发财机会而懊悔，只能说我没有发财的命，或者说天生也不是能发财的人。

这个朋友挺大方，在广外地区一家福建人开的高级会所，请我吃的晚饭。他又打电话约了两个朋友，四个人要了一桌海鲜，还上了一瓶茅台。

会所的清汤海参做得非常地道，每人一碗，清汤如水，里面是两根上等的辽参，我下意识地看了一眼菜谱，这碗海参的价码是两百八十元。一碗海参就是这价儿，不用说还有其他菜了。我估摸着这顿饭至少要五六千块钱。

五六千块钱相当于这一地区当年的一平方米的房价吧？我这么想着。而五六千块钱又相当于一个外地来北京的打工者的两个月工资。五六千块钱，坐在这儿两个多小时，就让我们四个人给吃了。

我蓦然想起当年我和姓杨的同学，在广外的小饭馆吃的一顿饭，三个炒菜，每人一盘炒饼，一瓶二锅头，花了不到五块钱。

那顿饭吃得挺香，而这顿饭却没吃出什么味来。30年呀，在同一个地区——广安门外，竟然有如此大的变化！

酒足饭饱，朋友要请我到他在马连道开的茶馆喝茶。走出会所的时候，我突然又想起那个姓杨的同学来，现在他在加拿大混得如何？

他在我们这些同学中算是有眼光的人，如果他要不去加拿大，会不会也像这个浙江朋友一样，靠倒房子发了财呢？他比人家更有条件，因为他是广外的根儿呀。

但我怎么想怎么觉得他不会，因为他跟我一样，没有这种眼光，他要是有眼光，当初就不会早早儿地离开广外了。

静观白塔

北京人说到地名的时候，往往爱挑那些显鼻子显眼的建筑当标志。比方说，要去阜成门内的宫门口胡同，别人问您去哪儿？您会说去白塔寺。因为宫门口就挨着白塔寺。

白塔寺的白塔不但在西城，在北京也赫赫有名，甚至可以说，是老北京城地标性的建筑。而宫门口呢，除非是住在它附近的，住得稍远点儿的人就不会知道了。

有一年，我去西安，在火车上，碰上一位一口京片子的北京人。我问他住哪儿？他说住白塔寺。我听了一愣，因为我是在辟才胡同长大的，白塔寺离辟才胡同有两站地。这么说起来，我们算邻居呢。再一细问，原来他住在白塔寺北边的富国街。敢情离白塔寺还有两站多地呢。可见白塔寺对北京人的影响力。

白塔寺因白塔而闻名，而且作为庙来说，它是先有的塔，后有的寺。

说起这白塔寺，算是北京资深的一座老庙了。白塔寺的白塔，当年号称"镇城之塔"。

您也许不知道，早在建这座白塔之前，这里原本还有一座塔，这座塔也非常有名儿，叫佛舍利塔。

早在辽代的时候，白塔寺的位置属于辽南京城的北郊。辽道宗寿昌二年（1096年），在这儿建了一座专门供奉佛舍利的塔。塔身内藏有释迦牟尼佛舍利戒珠20粒，香泥小塔2000座，《无垢净光大陀罗尼经》5部，当时香火极盛。但这座塔后来毁于兵火，只留下了塔的基座。

到了元代，这一带成了元大都城内的西部。元世祖忽必烈定国号为元之后，于至元八年（1271年）敕令在辽塔的遗址上重建一座塔，就是现在的白塔。

因为原来的辽塔供奉的是佛舍利，忽必烈对此塔的建造极为重视，工程由尼泊尔著名建筑设计师阿尼哥主持，经过8年的精心修建，白塔于至元十六年（1279年）竣工，并迎释迦牟尼佛舍利藏于塔中。

同年，忽必烈又令以塔为中心，修建了一座面积约16万平方米的大寺院，敕名"大圣寿万安寺"。这里成了当时皇家进行宗教活动和百官习仪的中心场所，香火盛极一时。

由于大圣寿万安寺的白塔，建得宏伟高大，又漂亮又壮观，所以从元代起，老百姓就把这座寺庙叫作白塔寺。白塔寺的俗称，一直延续到现在，以至于它在后来改名叫妙应寺，人们也没改口。

但到了元至正二十八年（1368年），一场特大的雷火，烧毁了大圣寿万安寺的所有殿堂，只有这座白塔安然无恙。

到了明代，明宣德八年（1433年），宣宗朱瞻基下令修葺白塔。之后又重建了一座寺庙，改名为妙应寺，但面积仅仅是1.3万平方米，跟原来大圣寿万安寺16万平方米的规模无法相提并论。在此后的 500 多年间，明、清两代皇帝多次敕令修葺白塔和寺庙，使这座寺庙香火不断。

大约在清朝同治年间，白塔寺的僧人迫于生计，将寺内的配殿及空地对外出租，逐渐演变成京城著名的"四大庙会"之一的白塔寺庙会（另外 3 个庙会是西城的护国寺庙会、东城的隆福寺庙会和南城的火神庙庙会）。

每逢开庙的日子，这里热闹非凡。北京的老百姓也有"八月八，走白塔"的习俗。许多住在西城的老北京人，对白塔寺的庙会记忆犹新，庙会一直延续到 20 世纪 50 年代末。

记得我小时候，家人还带着我逛过白塔寺庙会。庙会的杂耍和小吃让我流连忘返，浓浓的京味儿至今难忘。"文革"当中，白塔寺遭到了破坏，山门和钟鼓楼被拆除，并在原址盖起了副食商场。1976 年唐山大地震，白塔天盘下的十三天部的顶端被震坏。

但白塔寺在北京太有名了，有着 700 多年历史的白塔，在 1961 年就被国务院批准公布为全国重点文物保护单位。地震把白塔震坏的事儿，牵动着北京老百姓的心。很快，国家在 1978 年就投巨资，对白塔以及寺内的殿堂进行了全面的修复。十多年以后，西城区政府又拆迁了副食商场，亮出了白塔寺的山门。

白塔寺的白塔之所以有名，除了它悠久的历史和建得漂亮之外，还因为它的高大。白塔通高 51 米，塔座面积 810 平方米，高 9 米。这在 30 年前的北京算是高大建筑了。

那会儿，80% 的北京人还住在胡同的平房里，京城几乎没有超过 10 层的高楼。所以在晴天丽日之下，白塔显得非常雄伟壮观，隔着几里地都能看见这座白塔。同时，白塔又像是一个"轴心"，在它的周围，汇聚着许多寺庙、王府、名人故居。

早年间，有首民谣流行于四九城："平则门拉大弓，过去就是朝天宫。朝天宫，写大字，过去就是白塔寺。白塔寺，挂红袍，过去就是马市桥。马市桥，跳三跳，过去就是帝王庙。帝王庙，绕葫芦，隔壁就是四牌楼……"

这首民谣，非常生动地描绘了从阜成门到西四这一段街道的几处有名的建筑。阜成门在元代叫平则门，但有些老北京人，还习惯地称老地名。

"拉大弓"是指阜成门内北边，在明代就有的弓箭作坊。这些弓箭作坊到清代已经不存在了，但留下了东弓匠营和西弓匠营的地名。

朝天宫是明代有名的皇家道观，建于宣德八年（1433 年），是在重修白塔寺的时候，一起建起来的大道观，占地面积是白塔寺的几倍，从阜成门内大街往北，一直到现在的平安大街。这个大道观在明代非常有名，是京城"十大道观"之一，可惜在 1626 年毁于火灾，现在已没有任何遗迹，仅留下了地名，如前文说的宫门口，以及东廊下和西廊下等胡同。

"朝天宫，写大字"是怎么回事呢？原来，当年在朝天宫附近有个"天禄轩"茶馆，平时聚集着一些落魄的文人和"抄书匠"，以代人写书信、抄文章、写对联、题匾额等为生。老北京城不识字的文盲很多，代人写书信、抄文章也是一种职业。当时用的是毛笔，毛笔字又被北京人称为大字，故有"写大字"一说。

白塔寺怎么会挂了红袍呢？原来白塔寺是一座藏传佛教的寺庙，当年有点儿身份的佛教徒到白塔寺拜佛时，都要向白塔献哈达，因为塔内有佛祖舍利。哈达最长的有一百多尺，有白的，也有红的，由人爬梯子从塔顶挂上去。那些红绫子的哈达挂在白塔上，远望犹如白塔穿上了红袍。

现在白塔寺东边的十字路口，原来有一座桥，因为元代这一带有一个很大的马市，因此这座桥名叫马市桥。桥是木板的，年久失修，有许多缝隙，人们过桥免不了要跳着走。所以才有"马市桥，跳三跳"。

过了马市桥，路北就是历代帝王庙。历代帝王庙是明清两代皇帝祭祀历代帝王的皇家寺庙，建于明嘉靖十年（1531年），是全国唯一的一座系统祭祀历代帝王的场所。祭祀的历代帝王共计188个牌位，历代功臣79位，上自"三皇五帝"，下至明朝的历代帝王名臣。

民国以后，皇家的祀典被废，历代帝王庙改由中华教育促进会及幼稚女子师范学校等单位使用。解放后，由北京女三中使用，女三中后改为北京159中学。

历代帝王庙在1996年被定为全国重点文物保护单位。为了完整地保护这处重要的古代建筑群，恢复历代帝王庙的原貌，北京市、区两级政府前后投资四个多亿，新建校址，将159中学整体搬迁，并对庙内建筑全面修复。成为改革开放以来，北京投资最多，修复的工程量最大的一处重点文物保护单位。

如今，历代帝王庙已经对外开放，成为人们缅怀古代先贤，弘扬中华优秀传统文化的场所。

四牌楼，就是现在的西四。在早，帝王庙前的东西各有一座跨街的木牌楼，1954 年拆除了。木牌楼中间被称为"景德街"，是由皇帝命名的专用御道，老百姓得绕着它走，所以民谣中有"绕葫芦"的说法。

北京的名胜古迹众多，除了妙应寺的白塔，另外一座白塔也很有名，那就是北海公园里万岁山上的白塔。这座白塔也曾是北京的地标性建筑，但是两个白塔比较起来，还是妙应寺的白塔更有名。

白塔寺的周边，也是北京带有地标性的历史文化区。

在白塔寺西边的宫门口有鲁迅故居。东边有我国第一座全科医院中央医院旧址，即现在的人民医院；有中国著名古刹广济寺，有建筑风格独特的西四转角楼，有现代建筑原地质部现国家矿产地质部大楼。南面有原顺承郡王府，现全国政协办公楼及政协礼堂；有老华北局，现民主党派办公大楼；有万松老人塔及京城最早的胡同砖塔胡同。北面有以抗日英雄赵登禹命名的街道；有西四北头条到八条北京历史风貌保护区。此外，还有众多的历史文化名人故居，如冯公度故居、齐白石故居等。

不管是古代的，还是现代的，一座建筑一旦成为一座城市的地标，不但会走进人们的生活，也会走进人们的记忆，当然，它也是这座城市的记忆。毫无疑问，白塔是古都风貌的代表性建筑，是重要的历史文化遗产。

每当我走过阜成门的时候，眺望着雄伟壮观的白塔，便会产生奇妙的遐想，当年叱咤风云的忽必烈，建这座白塔及修建占地 16 万平方米的大圣寿万安寺时，是多么气势恢宏。16 万平方米！几乎涵盖了现在阜成门内大街以北的大部地区，而当年白塔寺的香火又是多么旺，方圆几十里的香客，都来这里进香朝圣，香烟弥漫，人声鼎沸，那种景象是多么壮观！

往事悠悠，如今这一地区已完全改变了模样，忽必烈时代寺庙的盛景已经如过眼云烟，片瓦无存。只有这座傲然屹立、岿然不动的白塔和周围的胡同，还能告诉今天的人们这里曾经有过的景象和发生过的故事。

白塔像是一位饱经沧桑，沐浴过七百多年风雨的老人，镇静自若，神闲气定，不为岁月的流光掠影所迷，不为王朝更迭的烟云所困，见证着这座城市的历史和时代的变迁。

也许这正是白塔寺白塔的魅力所在。难怪北京人以它作为古都的地标。

北京的桥

一

　　如果有人出一道题：哪座城市的桥最多最美？也许人们首先就会想到北京。

　　没错！无论是从数量和年代，还是从壮观精美来说，北京的桥确实是首屈一指的。

　　北京的桥，是一部古都建筑史；北京的桥，又是一部城市发展史。

　　六百多年前，意大利著名旅行家马可·波罗曾为北京的桥惊叹不已。这位"洋人"对卢沟桥玉石雕栏，千姿百态的石狮难以忘怀，在游记中感慨道："它是世界上最好的，独一无二的桥。"

　　如今，这座经历八百余年沧桑的桥，古风犹存，桥上神态各异的石狮，依然栩栩如生，无不向人们讲述着都城历史的变迁。

　　说到北京桥的美，人们自然会想到天安门前洁白如玉、雕琢精美的金水桥；想到颐和园里状若长虹的十七孔桥；想到曲线挺拔、宛如玉带的玉带桥；想到形如白龙卧波的北海永安桥……

这些汉白玉的石桥与苍松翠柏古槐、青灰的城墙、金黄的琉璃瓦，构成了沉稳坚实、和谐典雅的古都风貌。

北京的桥不但精美且数量众多，这从现今城区的地名便可窥见一二。

现在的北京城区始建于明朝。那时，都城河道纵横，石桥遍布，此外，皇家园林，庙宇道观，大都用桥来点缀环境，石桥不计其数。

如今的古都历尽沧桑，当年许多河道已成为宽阔的马路，许多石桥已不复存在，空留下桥的地名，比如天桥、虎坊桥、石桥、甘石桥、达智桥……人们只能从这些地名，去追溯它的渊源和回忆它的过往了。

二

北京的桥多，关于桥的传说也多，几乎每座桥都有一个故事。

西直门外的高亮桥，那引水入京的神话人物高亮，至今仍是老北京人心目中的英雄。东郊的酒仙桥，那个传说中的酒仙，还是附近老者茶后饭余的话题。

西城区有个太平桥大街，上了年纪的人还会记得，当年这里地势低洼，雨天汪洋，多少行人在阴沟暗道下丧了命。解放后，人民政府把这里的深沟填平，修了大马路，太平桥不拆自毁，只留下个地名。

新中国成立初期，北京的旧城墙还没拆，护城河里还有鱼虾，过去的吊桥已成朽木。那时人们进出城可费了劲了，冷时踏冰，暖时绕道儿。为此，政府在护城河上架起一座座木桥。

这些木桥的寿命很短，不久，便被 20 世纪 60 年代新兴的钢筋混凝土大桥所取代。

城墙和护城河呢？

城墙变成了坦荡的环城马路，护城河变成了地下铁路。地上地下的变迁只有十多年，可是古老的护城河，却默默流淌了六百多个春秋。

这就是现代化的步伐。历史掀开了新的篇章。

现代化建设使北京的桥展示出了新的风采。

有河才有桥，已成为历史。有路就有桥，展示着首都的未来。时间、空间，铁路、公路、立体交叉……这些新的概念，随着一座座大桥的架起，令人耳目一新。

三

过去，上岁数的北京人跟晚辈拍老腔儿，总爱说："我过的桥，比你们走的路还多"。虽说这纯属大话，但细琢磨并不离谱儿，因为老北京的桥确实很多。

远古时代的事儿不跟您聊，单说元代和明代的北京城，可以说河道密布，桥梁纵横。

现在的西单、西四和宣武门、和平门外是多繁华热闹的地界呀，可是，您能想到在元代和明代，这一带还是能行舟的湖河吗？

或许您能从那会儿留下的虎坊桥、甘石桥、达智桥等地名中，想象得到当年这一带曾有过"小桥流水人家"的迷人景色。

河多，自然桥就多。翻开现在的北京地图，您会发现以桥为名的地界很多，有名的如天桥、厂桥、北新桥、后门桥、德胜桥、后石桥、高粱桥、酒仙桥、青龙桥、半步桥、板桥、大石桥、小石桥、六里桥、八里桥等等。

当然这些桥，有的早就变成了宽阔的马路，找不到半点儿桥的痕迹了。

我是在西城辟才胡同长大的，当年胡同西口有个老地名叫太平桥。从白塔寺到闹市口这条路曾叫太平桥大街，后被改为赵登禹路。但从我记事起，就没见过这座太平桥。

原来早在明清时代，这里就是河槽，清代又叫西沟沿、北沟沿。早在 20 世纪 20 年代，这条河槽便被改造成了暗沟，上面铺上石板，修成了马路。

当年这条河曾是西城的重要水道，水来自京西玉泉山水系，往南经太平桥、石驸马桥到宣武门外的护城河，往东经辟才胡同、甘石桥、灵境胡同再往北，经过厂桥到"三海"（即中南海和北海）。您看这一带只有几公里的地界，就有五六座桥。

四

北京的名桥很多，几乎每座桥都是历史的见证。

老北京有拱卫京师的"五大名桥"之说。

东边的永通桥，即通州的八里桥，建于明正统十一年

（公元 1446 年）。

西边有中外闻名的广利桥，即卢沟桥，建于金大定二十九年（公元 1180 年），是北京最古老的石桥。

南边有宏仁桥，即俗称的马驹桥，建于明天顺七年（公元 1463 年）。当年走此桥可直达通州张家湾，是走水路下江南的必经之路。传说当年那位"怒沉百宝箱"的名妓杜十娘，就是与情人李甲经过这座桥去的江南。

北边有沙河的安济桥，即沙河南大桥和朝宗桥，两桥均建于明正统十二年（公元 1447 年）。为什么叫朝宗桥？因为明代的十三陵在昌平北边的天寿山，皇帝每年要经过此桥谒陵祭祖，故曰朝宗。

北京的桥有四座建于明代，距今已 600 多年，除马驹桥和沙河南大桥改为水泥桥梁外，其他依然保存完好，古风依旧。

北京的名桥不但有不少传说故事，也见证了 600 多年的中国历史。

当年闯王李自成率领着农民起义大军，经过朝宗桥打进北京城。卢沟桥的"七七事变"，拉开了中国抗日战争的序幕。八里桥地处要冲，1860 年，中国军队在这里阻击英法联军。1900 年，中国军队又在这里激战八国联军。八国联军也是经过这座桥侵入北京城的。而天安门前的金水桥，不但见证了轰轰烈烈的五四运动，也见证了新中国的成立。

五

桥，在北京属于地标性的建筑。人们自报家门时，往往会

说家住在某座桥的南边或北边，当然，有的地界则干脆以桥来命名。

在作家的笔下，桥不但是建筑物，还是爱情的纽带，不论是诗歌，还是小说，桥上总有许多爱情故事。所以，桥带有许多浪漫的色彩。

近代诗人卞之琳的那首《断章》："你站在桥上看风景，看风景的人在楼上看你。明月装饰了你的窗子，你装饰了别人的梦。"至今仍脍炙人口。鹊桥的故事在民间流传了上千年，每年的"七月七"牛郎和织女是以银河为桥来相会的。许仙与白娘子的故事，发生在西湖的"断桥"。

《三国演义》张飞喝断长坂桥的故事，更是家喻户晓。外国则有催人泪下的《魂断蓝桥》《廊桥遗梦》等感人至深的爱情故事。

北京的许多美丽传说也多与桥有关。我从小听老人讲的高亮引水进北京之后，才有高粱桥的故事，至今不忘。

什刹海周边的银锭桥、李广桥、东不压桥、西压桥，以及酒仙醉酒建了酒仙桥，萧太后运粮建了通州张家湾的通运桥，即萧太后桥等传说，听起来是那么传神。

老北京的民俗中，有正月十五上元节，妇女"走桥"和"摸钉"的习俗。

上元节这天的子夜时分，京城的妇女要结伴上街，见桥即过，传说这样能"消百病"，所以又叫"走百病"；凡是不过桥的妇女，则会生百病。

明代的周用曾有一首竹枝词，对这一风俗作了生动的描写："都城灯市由来盛，大家小家同节令。诸姨新妇及小姑，相约梳妆走百病。俗言此夜鬼穴空，百病尽归尘土中。不然今年且多病，臂枯眼暗兼头风。"

不过桥，就会瘦得胳膊像麻秆，两眼发黑，还会得中风。您想，妇道人家谁敢不去走桥呀！

在走桥之后，还必须到正阳门，摸摸门上的门钉。据说摸了门钉，可以生男孩。

当然，这一带有迷信色彩的习俗早就破除了。不过，北京的桥多，哪个人平时不从桥上过呀。

六

桥，对每个北京人来说，几乎都有一段温情，也都有一段美好的回忆。

北京不但是桥最多的城市，也是桥最美的城市。说桥最美，出自意大利旅行家马可·波罗之口。在他所著的《马可·波罗行记》中，详细地描绘了北京的卢沟桥之美，饱含深情地称赞了这座世界上最美的桥。

的确，您现在看这座古石桥，它还像一个巨大的精美的"工艺品"。卢沟桥的石雕更是精美绝伦，桥上有栏板 279 块，望柱 281 根，石狮 498 个。这些栩栩如生的石狮，形态各异，或大或小，妙趣横生，有的小石狮伏在大石狮的背上，有的在大石狮怀中戏耍，若隐若现，不仔细计数，难以算准，所以在老北京，有"卢沟桥的狮子——数不清"的歇后语。

我年轻时，曾多次骑车到卢沟桥去数石狮子。数了不知多少回，每次数出的数儿不一样，还真是数不清。

不信您可以去试试。现在得出的石狮子数儿，也是几经变化，最后才确定出的。

您若问北京还有哪些造型壮丽宏伟的石桥，笔者还能说出几处，如颐和园的十七孔桥、玉带桥，等等，这几座桥均可用独一无二来形容。

七

时代变了，北京也变了。新中国成立近 70 年，北京发生的巨大变化之一就是桥。过去人们挂在嘴边的桥是河桥，现在则是道路上的立交桥了。

立交桥成了北京的新地标，出门打听道儿，人们往往以立交桥为标志，告诉您在某个立交桥的附近什么位置。

在北京的版图上，从二环到六环，据不完全统计，有五百多座大小不同的立交桥。这些桥，不但是路与路的交汇点，也是一个个路网的连接线。

北京的第一座立交桥，是 1974 年建的复兴门立交桥，之后建的建国门立交桥，在 20 世纪 70 年代末，这座立交桥看上去是那么壮观，它与周边的外交公寓，曾作为改革开放之后新北京的形象走入人们的视线。

现在北京的车多了，路多了也宽了，立交桥也变大了，再看建国门立交桥则显得有些小了。

改革开放后的 40 年间，随着北京道路建设的迅猛发展，一座座大型立交桥拔地而起，20 世纪 80 年代，有人说最大的立交桥是三元桥。20 世纪 90 年代，有人说最大的立交桥是四元桥。

现在到底哪座立交桥最大，好像人们也不去计较了，因为立交桥建设得太快了，当然它的规模也越来越大了。

立交桥的发展，见证了首都北京的巨变，从时空的角度说，立交桥又是北京这座六朝古都历史文化名城，向国际化大都市迈进的"连接点"。

从老北京的"五大名桥"，到新时期数百座立交桥的变化，犹如一部雄伟壮阔的都市交响乐章。

在这部交响乐章中，有我们的美好回忆，也有我们对未来的憧憬。

市树古槐

北京的市树是"哥儿俩",国槐与侧柏。

北京人喜欢槐,大约与地理环境有关。江南的城市,路两边多为梧桐,槐很少见,可在北京,"落叶梧桐雨"的意境,只能在诗里体会了。

现今北京的槐树中,百岁,甚至千岁的老者并不稀罕。北海公园画舫斋内,有株槐树王国的老寿星,据有关资料给它立的"户口簿"上记载,生于唐代,算算,一千二百岁了。

槐树在北京,不仅限于"道路两旁",皇宫里也种。所以早先北京槐又叫"宫槐"。

跟别的槐不一样,"宫槐"并不是皇家独有的树。走在北京街道上,您见到没有槐树的胡同极少。

历史长点儿的胡同,总有几棵老槐立在那儿,像个历尽沧桑的老爷子,拄着拐杖,伴着风雨,向人们不停地讲那过去的事情。

北京的街道,以槐树命名的不少,像什么"槐柏村街""槐树路""龙爪槐胡同""槐房树路",至今仍在沿用。

北京的槐多,槐的传说和故事也多。

故宫武英殿东侧的断虹桥边，有元代栽植的几棵古槐，据说当年共栽十八棵，被称作"紫禁十八槐"。

有关这"十八槐"的讲儿可就多了，有说是指元代开国老将的，有说是指元世祖的宫妃的。如今，那些所指的"人物"均已作古，只剩那几棵老槐，还在无言地向游人们讲述过去的故事。

当年景山公园东侧的山坡上有棵古槐，李自成攻打北京时，明朝的末代皇帝崇祯仓皇逃出紫禁城后，就是在这棵树上吊死的。

于是这棵槐，便被封建统治者视为犯了滔天大罪，判了个"无期徒刑"，用大铁链子把这棵大槐树锁了起来。可怜这棵无辜的老槐树一锁就是二百多年。

说来也有点讽刺，八国联军侵入北京后，把这条锁树的铁链子给盗走了。这棵老槐也算命大，服刑二百多年，依然挣扎着生存，直到"文化大革命"时，被红卫兵砍了几斧，干枯之后，才饮恨而死。

几年前，景山公园为了保持这一景观，又新栽了一棵槐树，使观赏者发思古之幽情，在遐想之中沉思。

槐树枝繁叶茂，形状像巨大的华盖，有人称它"槐荫不见光，能接三指雨"。

而且槐的花期长，由盛夏到秋凉，可达两三个月。

春天它为北京人展示新绿，新叶滴翠，花蕾溢香。夏季，它为北京人遮阳防暑，树冠如伞，增几多荫凉。

北京城里路边槐树枝叶茂盛的，当属南池子和南长街。以前，这是两股河道，路边的槐树上百年，树冠相连，宛如天然的凉棚。夏天，人们走在这条路上清爽怡人，有的骑车人宁肯绕点道儿，也捡这条路走。瞧，这就是槐树的魅力。

北京人对槐树的感情，不全在它繁茂遮荫，花香宜人，更主要是它的性情，它的品格。

槐树有极强的生命力，甭管多坏的土质，也不论多恶劣的气候条件，它全不在乎，以顽强的意志抗争。这多少有点儿像北京人，那种对生活的执著追求，对美好事物热烈渴望的顽强劲儿。

槐树的品格是对人类的无私奉献。您瞧，槐花沁人心脾，是优良的蜜源，还是做黄色染料的原料；槐皮槐根可以治烫伤；槐角可清热凉血，肠道有了寄生虫，吃槐角制成的丸药最灵；槐木的纹理通直，硬杂木中属它作出的家具光亮。

朴实无华的槐树竟有十几样用途，这倒有点像那些坚守岗位的普通劳动者，不求奢华，默默地作着贡献。

北京人爱槐树，把它作为市树，把它作为城市历史与文化的一个标志。

在日新月异的城市建设中，久经风雨的古槐又展新姿，吐绿扬花的新槐，在春风中摇曳中正畅想未来。

未来，在槐树王国里，又会有多少新的传说、新的故事等待他们诉说。

会馆与会所

——

　　有关老北京会馆的著述很多，会馆的历史文化价值也一再被人们提及。

　　虽然许多老北京的会馆，我们只能在图片上寻踪，在记忆里觅迹，但人们对昔日会馆的怀念，并没有随着时光的流逝而消退。

　　尽管老北京的许多会馆早已被拆除，并代之以宽阔的马路和林立的大厦。

　　这是因为北京的会馆，曾是近代史上许多革命运动的发祥地，许多伟人，都曾在北京的会馆中留下他们的足迹。

　　所以，说到中国的近现代史，我们不能不提到老北京的会馆。当然说到北京近现代史，我们也不能不说到会馆，因为会馆在北京的近现代史上，扮演着非常重要的"角色"。

二

北京的会馆最早起源于什么时期，北京的史学界在很多年前就有争论。

有人认为，北京会馆的形成，可上溯至战国时期的燕国。

当时燕国作为北方的一个诸侯国，处于中原与辽东的要塞，经济十分繁荣，中原诸侯国和辽东的商贾纷纷到燕国经商贸易。

为了解决客商的住宿问题，燕昭王下令开设了供商旅之用的客舍，同时还专设了安置报效燕国的诸国精英的招贤馆。

到了汉代，昭帝元年诏改燕国为广阳郡，南来北往的商人更多了。为了解决同乡、同业的集会议事场所，商人纷纷自建"郡邸"，这便是后来会馆的雏形。

但有人认为这一类"馆舍"和"郡邸"，与后来的会馆有本质上的区别。为什么呢？

一是战国、汉代以及以后的唐、辽时期，北京的"馆舍""郡邸"带有官方色彩，而我们现在接触到的北京会馆，则属于民间自发建的。

二是后来的会馆与秦汉时期的"馆舍""郡邸"在同官府的关系上、组织形式上，以及房屋产权的归属上也是不同的。

会馆的房产主要是民间集资建的，当然也有官宦、富商、名士出资建的，有的则是官宦、富商、名士拿出自己房产的一部分当作了会馆，而"馆舍""郡邸"则是政府出资兴建的。

三

经过多年的探讨，现在史学界已基本达成共识，即：战国时期及以后的"馆舍""郡邸"，跟后来的会馆，也就是我们现在说的北京会馆，不是一个概念。而且史学家们也统一了认识，北京的会馆始于明代，清代是北京会馆的重要发展时期，会馆到清末才走向衰败。

为什么得出这个结论？

主要是因为现在北京这座都城的格局，是明代打下的基础。明代的永乐皇帝定都北京以后，北京即成为全国政治、文化、经济中心，许多外地人到北京做官，许多外地人到北京经商。

而且从明永乐十三年科考开始，北京作为中央考场，全国各地的举子每三年要到北京参加一次会试，因此设立会馆，便成为外省人士在京城生活、工作的一种需要。

据史料记载，明嘉靖、隆庆至万历仅仅50年左右的时间，"京师五方已建有各省会馆"，也就是说，当时各省在北京都有会馆了。

清朝，北京的会馆又有了新的发展。清代二百多年间，每次会试，进京应试的举子都有上万人，这上万人多数都住在会馆里。

到了光绪年间，北京的会馆已发展到四百多所。不但各省有会馆，大一点的县也有会馆。

此外各商会也纷纷兴建会馆。兴建会馆之风在乾隆、嘉庆两朝达到高潮，以至于使当时京城的房价都跟着疯涨。

乾隆时的汪启淑在《水曹清暇录》中写道："数十年来，各省争建会馆，甚至大县亦建一馆。以至外城房屋基地价值昂贵。"

可以说，清代北京的"满汉分置"制度，大大促进了会馆的发展。清代的北京，内城是不许汉人居住的，即使像纪晓岚、张之洞、林则徐这样的高官也不能住在内城，当然，会馆只能设在外城。

南城是清代的商业繁华地区，也是文人墨客居住之地，所以清代的会馆主要集中在"前三门"即正阳门、宣武门、崇文门以外，尤以宣武门外为多。因为宣武门外的会馆相对集中，为"宣南文化"的形成打下了根基。

四

有人认为，会馆的形成与科举考试有直接关系。其实这种说法也不尽然。

因为会馆不光是在京的同乡集资兴建，为进京举子应试期间提供的临时住所，有的会馆也是出于官场商场交际的需要建的，还有不少商会自办的会馆。辛亥革命废除了科举制度，但是直到民国的时候，北京还有新建的会馆。

老北京到底有多少会馆？这似乎是一个难以统计的数字，有点像卢沟桥的狮子——数不清。

民国初年，北京曾对会馆做过统计，是 402 所，1949 年北京市民政局的调查，北京有会馆 391 所。

我的老朋友、原北京西城区图书馆馆长李金龙与学者孙兴亚先生，从 2002 年开始，先后耗时 5 年，查阅了大量史料，并对北京地区的会馆及遗迹进行了全面的调查，主编了《北京会馆资料集成》一书。

这部《北京会馆资料集成》，可以说是比较权威的一部会馆史料专著，收录了从明永乐十三年（1415 年），到 1949 年 12 月，在北京所建的会馆共 647 所。这应该是比较准确的数字。

为什么北京会馆的数字不统一呢？

一是由于统计的方法和角度不一致；二是会馆如同居所，在使用的过程中，总是有建有拆，变化较大。

光绪三十二年（1906 年），北京外城巡警右厅对宣南地区的会馆，进行的调查统计数字是 254 家，分布于宣南 108 条胡同，其中 11 条胡同有会馆 5 所以上。可以说宣南地区几乎每条胡同都有会馆。由此可见宣南地区老会馆之多。

当然，从清末开始，会馆已经式微，并逐渐失去应有的功能，开始改为民居，成为大杂院。所以，到 1949 年，全北京市的会馆也只有 386 所了。

这 386 所会馆，在当时统计时，其实有的已经是居民住的大杂院了，称其为会馆也是徒有其名。

北京会馆到了 1956 年，其房产全部移交给政府，可以说，老北京的会馆从此便正式退出历史舞台。

五

老北京的会馆虽然很多，但规模并不是很大，像原占地面积 4000 平方米的湖广会馆,在北京的会馆中并不多见。

通常的会馆,只有一个四合院,十几间房,稍大一些的有三四层院落,几十间房,所以散落在宣南地区一百多条胡同中的会馆,在改弦更张之后,与普通民宅别无二致。

领略《北京会馆资料集成》一书,您会发现书中统计的647 处会馆,有近 500 处会馆已经拆得踪影全无,有的只留下几张图片,有的甚至连图片都没留下,只有史料或残碑,记录着历史上曾经有过这一处会馆。

保留下来的一百多处会馆,应该说弥足珍贵,但现在90%以上已成为民宅或机关单位了,像湖广会馆、正乙祠、阳平会馆这样修复的会馆屈指可数。

毫无疑问,由于会馆的历史文物价值越来越被人们认知,保护和抢救老北京会馆,成了社会关注的话题。

其实,抢救老北京会馆,早在 20 世纪 80 年代末,就已经列入北京市政府的议事日程了。20 世纪 90 年代,北京市和原来的宣武区政府投资 3300 万元,修复了湖广会馆。

当时北京市的财政还比较紧张,政府用于北京市文物保护的经费全年只有几百万元,在这种条件下,市、区两级政府花了 4 年时间,把破败荒废的会馆修葺一新,不能说政府对会馆的保护不重视。

但是需要抢救和保护的会馆太多了,面对近百所年久失修,濒于荒废,已经成为大杂院的会馆,如何抢救保护,便成了一大难题。

众所周知,保护会馆面临的首要难题是搬迁,换言之,就是资金。跟 20 世纪 80 年代修复湖广会馆时相比,现在用于搬迁的资金，已经提高了十几倍。

据当时主抓湖广会馆修复工作的原宣武区政协副主席黄宗汉先生介绍，修复湖广会馆投入的 3300 万元资金，主要用在了搬迁上，以修复的占地面积 2000 平方米计算，等于每平方米的修复资金约 1.6 万元。

原来的宣武区政府本想继修复湖广会馆后，再修复规模小一点的绍兴会馆，初步测算使用面积 1090 平方米，搬迁费用约 2000 万元，相当于每平方米投入资金 2 万元。由于保护的成本太大，此举后来搁浅。

这是 20 世纪 80 年代的事儿，现在北京的中心区平房四合院的售价每平方米已达到 8 万到 10 万元，搬迁成本可想而知，当然会馆的抢救保护的成本，也是原来的几倍甚至十几倍，实施起来难度更大了。

六

其实，在有关人士为抢救保护老北京会馆而奔走呼告，而政府却因为缺少资金而束手无策的同时，新的会馆正在京城悄然兴起。从现在的发展势头上看，新型会馆的建设正方兴未艾。

这些新型会馆，有的也叫会所，或者叫俱乐部，有的也叫同乡会。

据我调查了解，这些会所或俱乐部，有的是有钱的商人自己开的，有的是几个朋友合伙出资办的，还有的是某个有眼光的人，向朋友或同乡集资办的。不管什么投资方式，都以民办为主。

会所的地点，有的是在胡同里的四合院，有的是在三环以外的大社区，有的是在郊区，更远的还有在怀柔、延庆、门头沟、房山、密云等远郊，山清水秀的地方。

会所或俱乐部的规模不是很大，里面装修得典雅大方，或古色古香，或豪华别致，类似"沙龙"，私密性较强，别有洞天。

会所一般不对外开放，也不对外张扬，里面设备齐全，餐饮、娱乐、各类体育健身设施一应俱全。

每到周末，同事、同乡、同人或者志同道合的朋友在会所相聚，品茗、饮酒、品尝美食、琴棋书画、交友、议事、联欢、打球、打牌等等，既可以为相关人士提供聚会酬酢之用，也可以租用办理婚丧喜寿的宴会，甚至还可以提供住宿。有的会所还采取会员制，有的采取记名制，方式多种多样。

这些新兴的会所，虽然与老北京的会馆在名目上不尽相同，但功能其实都差不多。

考证一下"会馆"一词的含义，会，是聚合的意思；馆，则是提供宾客居住的房舍，合意为聚会寄居场所。前文讲到古代的"馆舍""郡邸"与后来会馆的区别，就在于一个是官办，一个是民办。

实际上，古代的"馆舍"和"郡邸"，发展到现在，类似于外省市的驻京办事处。而老北京的会馆，现在则演变成了会所、会馆、俱乐部等形式。因为"驻京办"是官办的，会所、会馆是民办的。

历史有时是会重复的，当然重复的历史，已经不是历史，它跟历史还是有所区别的。昔日的会馆演变为今日的"驻京办"和会所、俱乐部便是一例。

研究一下老北京的会馆，省察一下新北京的会所，我们不难发现，会馆在老北京的出现，是由于当时的社会需要，而现代会所的出现，也是当今社会的需要。

因为人是社会的人，需要交往，需要交际，也需要交流。会馆与会所恰好是人们交往、交际、交流、联络感情、畅叙友谊的场所。

七

当我们探索和挖掘宣南会馆的可利用价值时，首先面临的问题，是把这些濒临消失的老会馆，从大杂院中抢救出来。其实，抢救就是保护。当然，保护也是以挖掘其可利用价值为前提的。

但是抢救老会馆谈何容易？不过，新型会所在京城的出现，无疑为我们抢救保护老北京会馆，找到了一条出路。

什么出路？简言之，就是政府可不可以把老会馆交给民间来修复？

记忆犹新的是15年前，我在调查采访北京会馆的时候，已故的黄宗汉先生曾对我说，当年计划修复绍兴会馆时，他通过关系找到了当时的绍兴市市长。这位市长为此专门召开了政府办公会。

您想，绍兴人对在首都北京修复鲁迅长期居住的绍兴会馆，焉有不积极主动之理？

他们不但双手赞成，而且积极准备出资。可是非常遗憾，此事运作了近两年，2000 多万元的资金也筹集到位，最后因为产权问题，让他们作罢了。

当时的绍兴市市长曾对黄宗汉先生说，我们花 2000 多万元，把北京的绍兴会馆修复起来，最后却没产权，怎么向绍兴人民交代呀！

这句话算说到了根儿上，你让人家掏钱修，又不给人家产权，人家凭什么要掏这钱呢？

现在那些散落在南城小胡同中的老北京会馆，产权人肯定是政府。可是政府暂时又拿不出钱来修复，眼瞅着这些硕果仅存的老会馆，变成了大杂院，正一天天地衰败下去，说是保护，目前也只是在有些老会馆门口，挂个文物保护单位的牌子而已，这种保护在没有资金的状况下，也只能是纸上谈兵。

而另一方面，不管是民间，还是外省的官方，他们手里有钱，想修复，又因为得不到产权，只得望馆兴叹。

我们何不换一种思维方式，来抢救和保护这些老会馆呢？

换什么思维方式？简言之，解放思想，干脆把产权交给社会。且记一条，地在那儿，永远是国家的，甭管是谁，所谓的产权，说实在话，不过也就是使用权。使用权最多 50 年，谈不上国有资产流失问题。话又说回来，追根溯源，当年老会馆的产权都是私人的。

退一步说，即使政府出巨资修复了会馆，将来也有利用的问题，更要命的是保护和维修问题。会馆多是平房四合院，这些砖木结构建筑，每年维修费也相当可观，这还不算，修好之后还得有专人管理的费用。

据此，我认为，与其看着这些老会馆如烫手的山芋，不如把这些会馆的保护重担交给民间，或者交给外省的政府，如江西会馆交给江西，山西会馆交给山西。让那些有钱的人或外省的政府部门去筹资，来修复和使用。

当然，我们也可以制订一些规则，比如修复后的会馆，可以作为爱国主义教育基地，对外开放，供人参观等等。

自然，作出这样的决策需要解放思想，改变。所以我认为不妨找两处老会馆（当然这里所说的会馆，现在也都是大杂院了），拿到拍卖会上，公开拍卖。姜太公钓鱼，愿者上钩。作为试点先行，然后各个击破，形成宣南会馆保护区。

这绝非异想天开，现在政府对国有资产的土地（建设用地）都可以招标拍卖了，为什么老会馆（大杂院）不可以公开拍卖呢？

我们谈会馆的文物保护价值，不能再纸上谈兵了，得有所行动。最好的行动就是还老北京会馆的本来面目，即来自民间，再让它回到民间。此举，可以算作具体行动的一招儿吧。

第二辑　悠悠岁月

古都商脉老字号

一

北京是六朝古都，商业的繁荣得从七百多年前的元代说起。所以，北京最老的字号诞生在元代，当然，元代留传至今的字号已经没有了。

一个字号能流传百年以上，是非常难的事。

目前，北京保留下来的年头最长的字号，当属万全堂、永安堂和鹤年堂这三家老药铺和便宜坊烤鸭店、六必居酱菜园、大顺斋点心铺等。万全堂、永安堂和便宜坊相传始创明永乐年间，鹤年堂相传始创于明嘉靖年间，距今快700年了。

六必居酱菜园，因为字号的牌匾是严嵩的字，所以有人认为它始创于明代。

20世纪60年代，时任《人民日报》总编的邓拓先生，专门考证过"六必居"和"万全堂"的历史。

他花了几年的工夫，到档案馆查阅档案资料，发现明代的档案里，压根儿不存在这两家字号，而清代的御膳房和御医的档案里，却有这两家字号的文字记录，于是邓先生得出结论是，这两家老字号始创于清代，而非明代。

但也有专家对邓先生的这个结论持有疑义，因为任何一个老字号的发展，都是从小到大，从弱到强，从无名到有名的。

当初，"六必居"和"万全堂"分别是门脸儿不大的酱菜园和药铺，尚无名气，这种小店铺如果没有特殊背景和事件，怎么能写进历史档案呢？

何况一个字号在数百年的历史演进中，不知会发生多少变故，所以邓拓先生的这种推论，也不足以作为老字号存在的主要证据。

传说的东西总是传说，有时并不是真实的历史，但有匾作依据，却又给传说找到了一些佐证。

据邓拓先生考证的结果，"六必居"三个字，是严嵩的私人花园里一个亭子上的匾额。

它怎么会成为一个酱菜园字号的匾了？这其中有什么故事不得而知。但是有匾作为依据，说六必居酱菜园始创于明代，似乎没什么可说的。

鹤年堂，因为这个堂号原是严嵩花园内一个厅堂的名字，字号的匾是严嵩的儿子严世藩所书。配匾"调元气""养太合"是戚继光所书。而店内抱柱的竖匾"欲求养性延年物""须向兼收并蓄家"，出自明嘉靖年间名臣杨继盛之手，所以认定这个老字号创办于明代没什么疑义。

二

目前，全国由商务部确认的"中华老字号"有三百多家，北京很荣幸，占了七十多家，在全国各城市中居第一位。

为什么北京的老字号这么多呢？因为老字号嘛，它的特征就在于一个"老"字。

所谓"老"，就是字号的历史长，久经考验。有的老字号是明朝留下来的，明朝到现在有六百多年了，您说这个字号已然 600 岁了，够"老"的吧？

俗话说："人是越老越不值钱，东西是越老越值钱。"记得 20 世纪 80 年代，当时的商业部确认老字号有一个前提，那就是这个字号必须得"老"，老到什么份儿上呢？当时定的是 100 年以上，即所谓"百年老号"。

用这个标准来确认老字号，全国也数不出多少来。后来，标准放宽到 50 年。

"50 岁"的字号那就多了。目前，商务部确认"中华老字号"就是以"50 年以上"为标准。

京城 50 年以上的老字号有多少？据 2017 年的统计是 143 家，但这个统计并不全，为什么呢？因为有的老字号恢复后，没什么起色，有的原来经营得不错，现在宣布倒闭了，还有的字号年头到 50 年，这两年申报成功了，所以统计起来很难。我估计应该在 150 家左右。

自然，老字号的"活法"也不一样，有的"活"得挺滋润，属于老当益壮，越老越值钱那一类；有的"半死不活"，即经营状况不理想；有的"名存实亡"，即有这个字号，但没有经营场地，只保留着这个字号而已。

我认识一个老字号的传人，他们家祖上是开饽饽铺（即点心铺）的，清代末年在京城有一号。

酸梅湯

这位老兄算是有知识产权意识，老早就把这家饽饽铺的字号给注册了。但他一无资金，二无场地，三无技术，四无本事，字号注册了，也没派上用场。

曾有人出两万块钱，买他的这个字号，他又舍不得，所以，这个字号至今仍"趴"在他家的柜子里。我想这样的事例并不是他一个。

就以头一种"活法"来说，京城现在经营不错的老字号至少有一百多家。当然，这一百多家当中，有一些还没被商务部确认，也就是说还没领到合法的"身份证"。不过，这并不妨碍字号本身带有"老"的资格。

三

话又说回来了，北京老字号多的原因，就在于它是六朝古都。从辽代的南京算起，历经金中都、元大都、明清及民国，到现在有860多年的历史了。

一个城市有八百多年是都城的历史，已经够长的了，难得的是北京这六朝古都，都是一朝一朝顺延下来的，也就是说改朝换代了，都城也没挪过地方，一直延续到中华人民共和国成立，北京仍然是首都。

您一定知道首都是全国政治、文化中心，同时也是国际交往的中心，几乎每个国家的首都，商业都很繁荣。

商业的繁荣，必然会有商业街，有商业街就要有店铺，有店铺就得有字号，所以北京的老字号多，是"天时地利"使然。换句话说，这是老祖宗留下的宝贵遗产。

老字号与老商业街有着密切的关系。我们通常把一座城叫作城市。城市城市，有城必有"市"，所谓"市"，就是市场和商业街。

中国是礼仪之邦，也是文明古国，古代的人建一座城市，第一讲究风水，第二讲究规制。

讲风水，首先要选择有水的地方建城，最理想的地理位置是依山傍水。北京这座城市最早就是典型的依山傍水的城市。

讲规制，就是城市的规划建设，严格按《周礼·考工记》的思路进行，即城市要有中轴线，以此为准，分为东西南北，即"前朝后市，左祖右社"。北京城也是以此来建的。

元大都时代，由于南北大运河的终点码头在积水潭，所以在它附近的钟鼓楼一带，形成了繁华的市场。

这一带不仅有米市、面市，还有缎子市、皮毛市、珠子市、铁市、帽子市、鹅鸭市等。这正好符合"前朝后市"的建都规制。

到了明朝，因南方来的货物，多由京东张家湾和通州的运河码头，转为陆路运到京城，所以北京的繁华地区，从鼓楼转移到崇文门、正阳门一带。内城的东四牌楼、西四牌楼等主要街道十字路口，也随之热闹起来，出现了猪市、米市、羊市、马市、驴市、果子市等市场。

到了清朝，出现了满汉分置的城市格局，内城住着"八旗"，汉人甭管做多大的官儿，一律不准住在内城。

朝廷还规定不准在内城建戏园子，旗人也不准经商。所以商业、娱乐业大都设在了"前三门"（即前门、崇文门、宣武门）以外，形成了若干商业街和以娱乐为主的街巷。

老北京的"五子行"是相互依存的。所谓"五子行",即戏子(戏园子)、澡堂子、厨子(饭馆)、窑子(妓院,北京以前门外的"八大胡同"最有名)、剃头挑子(理发业)。

因为京城是首都,在北京当官的外省人比较多,此外,外省官吏每年到北京述职,外埠的商人要到北京做买卖,外省的举子要到北京会试等等,使北京成为全国各地有权有钱人的会聚之地。

他们来北京自然得消费,得吃喝玩乐享受一番。因此,"前三门"外,出现了花市、兴隆街、前门鲜鱼口、煤市街、珠宝市、大栅栏、廊房头条二条三条、琉璃厂等各有特色的商业街。

清末民初,京奉、京汉两个火车站设在了前门,使前门外、大栅栏等商业街店铺林立,车水马龙。

东交民巷使馆区的形成,又使与之相邻的王府井大街、东单一带繁荣发展,成为北京最早的带洋味儿的商业街。

正是由于有了这些商业街,才会有经营不同商品的老字号。从古到今,北京人做买卖喜欢扎堆儿,比如卖古玩字画的,有第一家铺子,就会有第二家、第三家,用不了几年的光景,这条街上的主要店铺就都经营古玩字画了,于是这条街便有了特色,有了人气儿。

四

当然,也会使一些店铺的字号出名儿,比如和平门外的琉璃厂,这条街上经营古玩字画和古籍碑帖的老字号有几十个,

成为享誉中外的琉璃厂古玩字画一条街，以至于后来，人们一提去琉璃厂，甭说干什么，就知道去买古玩字画和古书。

特色商业街的形成有两个原因：一是有原来"市"的底子，即先有"市"后有街。"市"是自由市场，跟现在的一些农贸市场一样。

不过，早期的"市"通常买卖专一，也就是专卖某一类商品，比如羊市、马市、果子市、煤市、粮市等。

二是借"势"成街，所谓"势"，是指地势，也就是地理位置。琉璃厂为什么会形成古玩字画一条街？因为明清时代，这一带有许多会馆。当时许多进京赶考的举子，住在会馆里。此外还有不少文人墨客在周围居住。

文人墨客和赶考的举子，当然离不开笔墨纸砚"文房四宝"，也离不开古籍。清乾隆年间，大学士纪晓岚主持编纂《四库全书》，这是一个浩大的文化工程，汇集了全国各地三千多文化人，编这部文献巨著。

《四库全书》收录图书 3503 种，79337 卷，需要大量的古籍版本。由于当时纪晓岚等人，住在虎坊桥一带，于是离此不远的海王邨（即琉璃厂）成为全国的古籍版本中心，琉璃厂的十几家古籍书店就是这么形成的。

当然，这些文化人有不少擅丹青、懂韵律的才子，有些书画家本人也住在琉璃厂，如张大千的宅子就在东琉璃厂。

所以精明的古董商看中这块风水宝地，借"势"开古玩书画店，逐渐使琉璃厂形成了经营古玩字画的文化街。

五

老北京有句顺口溜："东单、西四、鼓楼前。"说的是东单、西四、鼓楼这三条商业街，最为繁华热闹，人们逛街购物得奔这几个地方。

"鼓楼前"，另有一说是指鼓楼和前门两个地方。

一般的说法是指鼓楼前头的商业街，也就是现在的地安门外大街。

这条街早在元代就非常有名，从鼓楼前一直到地安门，并且向西延伸到什刹海地区。鼓楼前商业街东西两侧的店铺一家挨一家。

清朝的时候，这一带是正黄旗和镶黄旗的驻地，这两"旗"都属"上三旗"，也就是通常北京人所说的"皇带子"（皇亲国戚），所以这一带有钱有势的大宅门多。

清朝末年，清政府基本取消了内城不准经商的"祖制"，又使这条老街（包括烟袋斜街、什刹海、后海的沿岸）繁荣起来，其繁荣热闹一直延续到现在。

这里也是老字号的集中之地。鼓楼商业街有名的老字号有：

"谦祥益"绸布店北店，

"聚茂斋"靴鞋铺（制作的洒鞋、老头乐、油靴非常有名），

"北豫丰"烟叶铺，

"平易"银钱兑换所，

"吴肇祥"茶庄，

"信成"杠房（承接过李大钊的葬礼），

"宝瑞兴"油盐酱茶店（因以大葫芦作幌子，人称"大葫芦"），

合义斋、福兴居灌肠铺（字号一直延续到现在），

会贤堂饭庄（现仍保留），

庆云楼饭庄（现已恢复），

烤肉季（现仍保留），

天汇轩大茶馆等。

东四商业街，曾是明代北京最繁华的商业街，它的形成与朝阳门和东直门附近设的十几座大粮仓有关。

因为当时运粮食都用骡马大车，赶大车的和搬运粮食的，得找地儿歇脚吃饭，于是东四牌楼附近出现了许多饭馆，由此形成了"街"。

此外，明代的东四牌楼附近有不少妓院，明代也叫"勾栏"。妓院不但有"民营"，还有官家的，现在东四南边的演乐胡同，就是明代为"官妓"演习奏乐之地，本司胡同是管理官妓院的"教坊司"所在地，而现在的内务部街，在明代就叫"勾栏胡同"。

另外，东四牌楼往南有灯市（今日还留有灯市口的地名），明代的灯市非常壮观，每年正月"放灯十日"，场面热闹异常，对这条商业街的形成是有很大影响的。

当然，最主要的是因为有大市街，现在东四十字路口的南、北，在明代叫大市街。当年四个路口各有一座牌楼，南北路口牌楼上的匾额，写的是"大市街"，东西路口牌楼上的匾额，写的是"履仁"和"行义"。现在牌楼早就拆了，只留下"东四"这个地名。

六

老北京有"东富西贵"一说。"东富"指的就是东城的富人和大宅门多;"西贵"说的是西城的王府多。

说"东富",是以东四商业街上的"四大恒"而言。"四大恒"是指四家老字号钱庄,即恒兴号、恒和号、恒利号、恒源号。这四家钱庄,当年曾控制着北京的金融市场。

东四商业街,通常是指东四牌楼周围的地区,包括大市街、隆福寺街,以及朝阳门内大街等。

这一地区曾出现过几百家老字号,比较有名的有:

饽饽铺:瑞芳斋、合芳楼、聚庆斋、芙蓉斋。

油盐店:天和号、德和瑞、汇水泉、鸿源长。

干果杂货铺:全德昌、公昌义、公和义、全盛号、源兴永、公泰义、德隆昌、德义长。

米粮店:新盛号、德兴号、东和兴、通盛德、恒顺店。

绸布庄:同义祥、利源增、德祥益、恒信公、万聚祥、义成号、万聚长、锦泰涌、祥聚德、和顺祥、天增成、裕兴隆。

古玩铺:瑞珍亨、义兴和、全兴顺、松古斋、永和号、裕记、椿秀山房。

金银首饰楼:英华楼、瑞增楼、天聚楼、聚宝楼、泰源楼、宝源楼。

香蜡铺:天馨楼、万兴楼、蕙兰楼、合馨楼。

钟表店:德古斋、永信斋。

鞋铺:老华盛。

肉铺:内同兴、普云楼。

砖灰麻刀铺：丰盛和、天泰永、新盛号、东泰兴。

当铺：东恒肇。

烟铺：复丰号、源顺德、聚兴隆。

颜料铺：隆盛号。

药铺：永安堂（据说开业于明永乐年间，字号现仍保留）。

杠房：永盛（承办过吴佩孚的葬礼）。

饭庄：福全馆、白魁、灶温（小饭铺）。

您从以上描述中就可以看出北京的老字号有多少了。当然这只是鼓楼和东四这两处商业街上的字号。

北京著名的商业街还有东城的王府井大街、东单地区、北新桥地区。西城的西单、西四、新街口。南城的前门地区、大栅栏、廊房一至三条、崇文门外大街、花市大街、宣武门外、菜市口地区、天桥地区等等。

这些地区都是老字号云集之处。我从历史档案中，查阅到的在京城出现过的老字号有 5000 多个，限于篇幅，这里不再一一赘述。

七

老北京有一句顺口溜儿：头戴马聚元，身穿瑞蚨祥，脚踩内联升，腰缠"四大恒"。马聚元、瑞蚨祥、内联升、"四大恒"都是老字号。

这句顺口溜儿说的是，老北京人讲究穿戴体面，出门要摆谱儿，头上戴的、脚上踩的、身上穿的、腰里揣的都是老字号的东西，用现在的话说，要想体现出时尚来，穿戴得是品牌。

　　老北京人还没有品牌意识，从概念上说，品牌和字号不是一回事。品牌是注册的商标，字号是企业的名称。

　　但追求时尚是人的共同心理。现在的年轻人穿戴讲究品牌，老北京人也如是。认牌子，认字号，不单是穿戴，吃喝也认字号。

　　老北京吃喝讲究认口儿，什么叫口儿？就是口味，口味对路了，别的再好，他也不稀罕。就跟现在的老北京人喝酒，就认二锅头，您给他"茅台""五粮液"，他也觉得不对口儿，尽管一瓶"茅台"的价儿，能买几十瓶二锅头。这也许正是老字号的魅力所在。

　　老北京是一座典型的消费型城市，几乎没有什么工业，许多产品是在家族式管理的手工作坊里制作出来的，商家一般采用前店后厂的经营模式，自产自销，所以品牌是与字号相融合的。

　　比如"稻香村"是京城制作南味糕点的老字号，稻香村做的点心有许多品种，当时这些糕点并没商标。

　　再比如同仁堂药店和鹤年堂药店，他们炮制的中成药、汤剂饮片、丸散膏丹，最初也没商标。同仁堂和鹤年堂的字号，似乎就是商标，人们认的是字号。

　　那会儿，几乎每个大一点的中药铺都有自己的"独门药"。所谓"独门"就是被患者认为吃了管用，只有这儿有，别的地儿难找的那种药，这也就是人们认某家药店的原因。

　　老字号正是以自己的特色，来赢得口碑的，当然这里也有广告宣传的作用。只要有了知名度，这个字号就算站住了脚。而老北京吃对了口儿，用顺了手，也舍不得让这个字号消失了。

老北京有句顺口溜儿："人叫货千声不语，货叫人点首即来。"用在老字号这儿最为合适。

八

一个字号能生存 50 年以上，本身就证明了它的价值。要知道商场如战场，在激烈的商业竞争中，一个字号能经历几十年，甚至上百年，立于不败之地，这是相当不容易的。

老字号的生存条件，除了有买卖上的竞争因素之外，还有战乱、灾难、政治等天灾人祸及家族分化、管理不善等诸多因素。所以说在历史沧桑、商海沉浮中，能历经几十年，甚至上百年风雨生存下来，其自身的文化积淀也使字号增加了含金量。

历史的进程，永远是大浪淘沙的过程。前面我们说过老北京的老字号曾经有几千个，经过一个世纪的风风雨雨，现在保留下来的只有几十个了，为什么许多老字号消失了呢？有这样几个原因。

一、随着社会的进步，人们生活方式的改变，许多行当被历史所淘汰，这个行当里的字号也自然而然地消失了，比如老北京是实行土葬的，那会儿的"白事"（葬礼）人们非常当回事儿，土葬需要棺材，抬棺材需要杠房。这两个行当的老字号在老北京有二三百个。

有个数来宝的段子说："打竹板，迈大步，前边来到了棺材铺……"几乎每条街都有棺材铺。解放以后，国家号召火葬，土葬被取消，棺材铺和杠房自然也就失去了饭碗。

还比如烟叶铺、首饰楼、麻刀铺、肉铺、煤铺、油漆铺、玻璃铺、梳子铺、香蜡铺、帘子铺、估衣铺、黑白铁、锯盆锯碗、修伞修笼屉、炉灶行、信托行等，甚至老北京的绸布店、布鞋店、油盐店、澡堂子等，都随着社会的进化而被淘汰了。

二、解放初期，国家进行社会主义工商业改造，实行公私合营，当年许多前店后厂的手工作坊和店铺，被合并为生产合作社，以后转为国有企业，致使不少老字号随之消失。

三、"文革"之初，红卫兵破"四旧"时，将一些老字号强行改成"红色"符号，带"革命"色彩的店名，如"同仁堂"改成北京药店，"永安堂"改成红日药店，甚至连东安市场都被改成东风市场，又使一大批老字号受到冲击。

虽然一些著名的老字号在"文革"结束后，又恢复了老字号的店名，但经过十年动乱，让不少老字号伤了元气，在以后的经济体制改革、企业改制、关停并转的过程中，销声匿迹了。

四、在近几年的城市改造中，许多临街的老字号店铺门脸儿，在城市市政扩路、修地铁和房地产开发等建设中被拆迁，企业又一时没有足够的资金另选地址，致使一些老字号名存实亡。

经过这么多折腾，能够活下来的老字号也就不多了。目前京城保留下来的老字号，主要集中于以下几个行当：

一、餐饮业，大约占老字号的一半以上，如全聚德、东来顺、全素斋、都一处、一条龙、烤肉宛、烤肉季、仿膳、同和居、便宜坊、谭家菜、柳泉居、鸿宾楼等。

二、中药业，所占比例也很多，如同仁堂、达仁堂、宏仁堂、鹤年堂、永安堂、千芝堂、万全堂、长春堂等。

三、茶叶行，如张一元、吴裕泰、森泰、庆林春、元长厚等。

四、风味食品，如天福号（酱肘子）、月盛斋（五香酱羊肉）、五芳斋（南味肉食）、稻香村（南味糕点）、稻香春、桂香春、义利（食品）、正明斋、宫颐府（京味糕点）、六必居（酱园）、天源（酱菜）等。

五、古玩字画，如荣宝斋（书画）、宝古斋（古玩）、戴月轩（湖笔店）、一得阁（墨汁）、汲古阁、萃文阁等。

六、其他，如理发：四联、美白。照相：大北、中国。洗染：普兰德。帽子：盛锡福、马聚元。绸布店：瑞蚨祥、谦祥益。布鞋：内联升、同升和。洗浴（修脚）：清华池。眼镜：大明、精益。钟表：亨得利。剪刀：王麻子。啤酒：双合盛等等。

九

眼下，人们已经认识到老字号的价值。几年前，全聚德的字号作为无形资产进行评估，价值就达 10 亿元人民币，而全聚德前门店一年的流水居然超过了两亿多元，估计现在评估老字号，全聚德的无形资产 50 个亿也打不住了。可见老字号这块金字招牌的含金量。

目前北京的同仁堂、全聚德等老字号已经成为上市公司，而开分号、搞连锁，实行集团化管理，规模化生产，已经使北京的一些老字号进入现代化企业行列。

稻香村在京城已经有近一百多个专营店，每年的产值数亿，成为北方最大的食品糕点生产和销售企业。

张一元和吴裕泰两家老字号茶叶店，现在也发展壮大为股份公司，不但有上百家连锁店，还有自己的茶叶生产加工基地和茶馆、茶餐厅等，每年销售额都在亿元以上。

庆丰包子铺，在京城有150多家连锁店，一年光卖包子就收入上亿元。

这些成功的经验，证明老字号只要经营得法，与时俱进，便能做大做强，使金字招牌不断发扬光大。老字号是老祖宗给我们留下来的无形资产，这是一笔巨大的财富。

我认为目前人们对老字号的认识还有待提高，特别是近几年，城市改造的速度加快，老城区大面积的拆迁，必然要危及老字号的生存，政府有关部门应该从保护文化遗产的高度，对这些危及生存的老字号，给予格外关照，为它们选择合适的地点，开设门脸儿。

除了字号本身的经济价值以外，它的文化价值有待我们进一步开发和挖掘。对于那些生产经营陷入困境、濒临倒闭，或已经倒闭、名存实亡的老字号，也有必要进行抢救输血，让他们起死回生。

目前，北京已成立了老字号研究会，国家商务部对老字号的保护也提到议事日程。老字号的文化内涵和一些独门技术，已经被列为非物质文化遗产的保护项目。

眼下，全聚德、同仁堂、清华池等40多家老字号已列入市级非物质文化遗产保护名录。相信作为传统文化重要组成部分的老字号，随着时代的发展，其文化内涵和商业价值，将越来越能引起人们的关注。

每一座历史文化名城，都会有自己的商脉和文脉。老字号无疑是商脉和文脉的一个载体，犹如项链上的珍珠。历史文化名城存在的价值，就在于商脉和文脉的绵延不断。老字号恰恰是这种历史文化的活化石。人们正是通过老字号，来了解一座城市的历史的。

如果说那些历史留下来的名胜古迹是无声的诗篇，那么老字号，则是历史留下来的有声的乐章。

在老字号的音符里，我们可以触摸历史，也可以感受时代的脉搏跳动，更可以透过历史的烟云，领悟今天的商业文明。

从这个意义上，来看老字号文化，我们才能更深刻地体会到老字号存在的意义。

古今庙会钩沉

一

庙会，在中国几乎每个上点儿"岁数"的城市都有。但是，庙会在北京却是另外一种文化风景，因为北京人太重视庙会了。

现在的庙会，尽管被各种文化包装，已然离开了"庙"，只剩下了"会"，但就其内容来说，它依然是老北京民俗风情展示的舞台，也是民间艺人们才艺集中展示的平台。

在北京庙会上，各种民间艺术，八仙过海，各显其能。如果说，一年一度的春节，是北京民间的狂欢节，那么庙会就是狂欢节的"嘉年华"。

北京城的马路越来越宽，楼厦越来越高，现代时尚的味道也越来越浓。但是您在北京，总还能找到土生土长的京味儿，毫无疑问，庙会，是品尝京味儿的最好去处。

北京人说到庙会，总要在前边加一个"逛"字。逛庙会，是北京人过年长盛不衰的"节目"。

为什么要说"逛"庙会，不说"看"庙会呢？

因为北京的庙会，是需要像饮茶酌酒那样，慢慢儿地浅酌低饮细咂摸的。

走马观花似地"看"，是咂摸不出庙会那浓浓的京味儿来的，必须得溜溜达达地闲"逛"，才能"逛"出味儿来。

二

北京的庙会历史悠久。"久"到什么份儿上呢？有学者考证，早在元代北京就有庙会了。

元大都时代，北京的寺庙确实很多。北京历史上有过 840 座寺庙的记录，元代留下的大小寺庙有近百座。

元大都的寺庙香火很旺，但考证庙会的源流，并不是北京城的"专利"。

庙会，起源于中国古代的社祭。什么叫"社"呢？

"社"这个字在古代非同寻常，古代的人把土神和祭土神的祀礼叫"社"。

当然，现在它也了不得。如果在"社"后边再加一个"会"字，世界上的所有现象俩字全包了。

有"社"就得有坛庙，庙堂本来是供奉祖宗神位的处所，后来也成了祭祀的场所。有祭祀就有庙会，因为最早的庙会，是与祭祀相关的。

庙会，说白了就是每逢开庙的日子，香客们的"聚会"，后来才演化为"市"。每逢开庙的日子，也同时开"市"。

如果这么说，北京庙会的源头，可不仅仅停留在元代，早在西周的"蓟"城时代，就有庙会这种形式了。

当然，这只是一种推断，找不到史料证明，但我认为，北京的庙会至少在晋代就有了。

北京现存最早的寺庙之一是潭柘寺，当初叫嘉福寺，建于晋代，到现在有 1700 多年历史了，比明代的北京早了近 1000 年，所以老北京有句顺口溜儿："先有潭柘寺，后有北京城。"

史书上记载，当年的嘉福寺香火极盛，想必当时的庙会，也会有香客云集的盛况。

其实，后来人们所说的庙会，跟最早的庙会已经不一样了。当然，跟现在的庙会更不是一回事了。

三

北京的庙会演变到近代，已经成了名副其实的"市"了。

"市"就是集市，类似农村定期赶集的集市，现在城市的早市、夜市。只不过，庙会是借助于寺庙开庙的日子而形成的集市。尽管地方是在寺庙，但宗教（庙）的成分已经淡化。

比如老北京有名的土地庙庙会，地址在现在宣武门外的下斜街。土地庙建于元朝，原有三层大殿，后遇火灾，烧了一些殿堂，有庙会的时候，只剩下不大的一个殿了，供着土地爷和土地奶奶。

庙会每月逢三（农历初三、十三日、二十三日）开庙。开庙的时候，人山人海，但人们来此并不是拜土地爷，主要是借这个地界儿，来买卖生活的日用品，及粮油、蔬菜、水果、小吃等。

老北京的庙会不少。我手头有份 1930 年统计的资料，当時北京的庙会，城区（相当于现在的二环路以内）有 20 处，郊区有 16 处。

当时有"八大庙会"之说，即西城的白塔寺、护国寺；东城的隆福寺、东岳庙；南城的土地庙、蟠桃宫（地址在东便门）、白云观、火神庙（即厂甸）。

到北京解放后，20 世纪 50 年代，北京还有"五大庙会"之说，即土地庙、火神庙（即厂甸）、白塔寺、护国寺、隆福寺。

这"五大庙会"，都是属于定时开"市"的庙会，比如西城的护国寺，每月逢六开"市"；东城的隆福寺，每月逢一、二、九、十开"市"。因这两个庙会规模较大，逛的人多，所以老北京有"西庙""东庙"之说。

每逢年节开放的庙会有火神庙、白云观、蟠桃宫、万寿寺、黄寺、大钟寺、雍和宫等。

这类庙会虽说有寺庙的香火相衬托，但就庙会本身而言，依然是"市"的概念，没有多少宗教的内容了。

在我的印象里，直到 20 世纪 60 年代，也就是在"文革"之前，隆福寺、白塔寺、护国寺、火神庙等庙会依然还在。这几个庙会，我小的时候，大人领着我都逛过。

当然，那会儿的庙会，已经完全是民俗味儿很浓的"市"了。

白塔寺庙会的杂耍、京剧、曲艺、鸽子、鸟儿；隆福寺庙会的古董、古籍和小人书摊；护国寺庙会的鲜花、各样儿的北京小吃、小金鱼儿；春节的厂甸庙会，空竹、风车、风筝、洋画儿、大串的糖葫芦，至今还留在我的记忆里。

1963 年春节，厂甸庙会的年货摊儿，从和平门外的桥头

起，一直向南摆到了虎坊桥的十字路口。

那会儿，内城的城墙还没拆，城墙外的护城河结着冰，河岸到处是货摊棚子，从和平门往东一直到前门，往西到了宣武门。

庙会人声鼎沸，逛庙会的人摩肩接踵，扬起的尘土，在天空中弥漫，逛完庙会，人快成"土猴儿"了。

据当时的报纸报道，从初一、初二一直到初五、初六，逛庙会的每天都有十多万人次。当然，我也在其中，这一盛况至今难忘。

四

庙会在"文革"时遭遇了禁令。您想"文化大革命"，寺庙首当其冲是革命的重点对象，佛像被砸烂，和尚方丈也被赶出寺院，还了俗。当然，庙会也无从谈起了。

不过，过年没有庙会，北京人总觉得生活中缺了点儿什么。没有庙会的春节，也显得有些寂寞。所以"文革"结束以后，人们在重温庙会盛景的同时，也非常希望政府能恢复庙会这一民俗活动。

1987年的春节，经过几年的筹备，北京东城区政府在地坛公园，举办了首届春节文化庙会。这是"文革"后恢复的第一家庙会。

当然，地坛公园的庙会吸引了大批北京市民，庙会办得非常成功，让其他区县也跟着纷纷效仿。

紧随其后，原来的崇文区在龙潭湖公园，也举办了首届春节文化庙会，盛况空前。

到 20 世纪 90 年代初，京城又形成了"四大庙会"，即：地坛、龙潭湖、大观园、白云观。

当时，北京城市中心区还是 4 个区：东城、西城、崇文、宣武，基本上形成了一个区一个庙会。东城是地坛，西城是白云观，崇文是龙潭湖，宣武是大观园。

北京人干什么事不甘人后，你这个区有庙会，我这个区当然也得有，城区有了，郊区也得有。紧接着，朝阳区在东岳庙，石景山区在游乐园，丰台区在花乡，怀柔区在红螺寺，门头沟区在潭柘寺。

总之，没有几年的时间，北京的 18 个区县都有了属于本地区的春节庙会。

恢复后的庙会，已经跟老北京的庙会有了很大的区别，首先在庙会前边都加上"文化"两字。

"文化"这俩字，内涵丰富，包罗万象，它加在庙会的前边，基本上与传统意义上的庙会形式脱胎换骨了。因为以前的庙会都依附于寺庙，现在则是没有庙的庙会了。

五

记得 20 世纪 90 年代初，我在北京电视台，就庙会的话题作过两次节目，也在《北京晚报》上，写过几篇关于庙会的文章。

我那会儿曾说过，北京的庙会将成为展示北京风土人情、民俗文化的一个平台，庙会将成为中国传统节日春节，老百姓民间娱乐的一个"狂欢节",庙会也将成为浓缩京味儿文化、满足北京人怀旧情怀和温故知新的"盛宴"。

果不其然,我当时的预见,后来已成为现实。从 20 世纪 90 年代中期开始,北京的庙会,已经成为烘托着春节喜庆气氛的"大舞台"。

继"四大庙会"以后,不但那些北京人久违的老庙会又重新恢复,而且一些新型的庙会也不断崭露头角,什么"洋庙会""音乐庙会""冰雪庙会""古玩庙会""品茶庙会""迎春庙会"等等,真是八仙过海,各显其能。

如果说,20 世纪 80 年代恢复的庙会,在举办地还能与"庙"沾上点边儿的话,那么现今北京的庙会,已经完全不拘形式和地点了,只要是春节期间搞的大型娱乐文化活动,都可以贴上"庙会"的标签。

比如这几年流行的文化馆、宾馆饭店,甚至大型商场里举办的文化庙会,哪有"庙"的影子呢?

2005 年的时候,北京春节期间举办的庙会有 35 个。到 2011 年,北京的城区和郊区举办的大大小小各类庙会,已经达到了近百处。

不过,北京庙会的形式变来变去,不离其"宗",主题仍然是一个:展示北京的传统民俗文化。

就这一点而言,北京最早恢复的几大庙会,如地坛庙会、大观园庙会、白云观庙会、龙潭湖庙会、东岳庙庙会、厂甸庙会等,还保留着传统庙会的味道。这几处庙会,也是北京人和来北京旅游观光者最喜欢去的地方。

近几年,最先恢复的"四大庙会"风采依旧,尽管庙会众多，它们仍然独占鳌头，每年都吸引着大批的人。

2008 年地坛庙会的摊位竞拍，一个摊位竟拍出了近 20 万元的天价，2009 年再拍，居然涨到 30 万元。一个卖羊肉串的摊位，在春节庙会短短的几天，摊位费竟达到了 30 万元，您说他得卖出多少羊肉串去？

摊主是精明的生意人，能做赔本的买卖吗？据摊主介绍，在庙会上，平均一分钟能卖出 30 串羊肉串。由此可见逛庙会的人有多少了。

六

北京人为什么喜欢逛庙会呢？因为庙会热闹。人们过年就是为了过个热闹劲儿。

其实，老北京庙会上的小吃，并不见得很卫生，东西也不见得比平时买更便宜。杂耍、民间艺术表演因为人多，也许还看不大真切。

但庙会却永远那么有诱惑力，主要是北京人想到庙会感受一下过年的气氛，沾沾喜气。

这让我想起老舍先生在长篇小说《赵子曰》中，描写的白云观庙会的情景："逛庙会的人们，步行的、坐车的，全带着一团轻快的精神，平则门外的黄沙土路上，骑着小驴的村妇们，裹着绸缎的城里头的小姐太太们，都笑吟吟到白云古寺去挤那么一回。"

是呀，那会儿交通不方便，从城里到白云观得骑驴。但人们却要在过年的时候，笑吟吟地"挤那么一回"，挤出一身汗，

挤回一身土。但同时也挤到了心中的一种美意。说到底，还是一个字：值！

当然，逛庙会也有乐子。近几年，北京的庙会越办越丰富多彩了。在庙会上您能买到各种各样的民间工艺品，能看到民间的花会表演、民间歌舞、音乐、戏曲、曲艺、杂技等娱乐节目。

您在庙会上可以猜谜、看灯，也能品尝到各种各样的北京风味小吃。尤其是各大庙会都有不同的主题，如地坛庙会的祭地表演，大观园庙会的元妃省亲，龙潭湖公园的花会大赛等等。

各种民间艺术形式，把庙会烘托得红红火火，热热闹闹。其实这都是民俗文化。在这些玩的、看的、摆的、放的、唱的、跳的、买的、卖的、吃的、喝的，热热闹闹当中，浸透着浓郁的北京民俗文化的元素。这些文化元素不逛，是咂摸不出其中的味道来的。

当然，庙会要的就是一个热闹劲儿。这种热闹欢快的场面，正好符合春节的气氛。人们平时在各自的工作岗位，辛辛苦苦忙碌了一年，在家里也被繁琐的家务活儿，消磨了一年，不正好可以到庙会上去放松一下，"解放"一下吗？

在庙会这种热热闹闹、红红火火的氛围中，感受一下民俗的乐趣，也许这正是北京春节的庙会的魅力所在。

自然，在逛庙会的过程中，您也能领略到北京的民俗风情，品尝到地道的"京味儿"。

花会风云录

一

花会，您且看明白，是花会，不是花卉。虽然这两个词的发音一样，但并不是一码事儿。

花会，又称香会，它是中国民俗文化的重要组成部分。但是，现在的年轻人未必知道什么是花会。

尽管每年的庙会，人们总能看到几档走会的表演，可只是看看热闹而已。

由于花会这种纯民间组织，在新中国成立后，特别是在"文化大革命"时期，被视为封建迷信的东西，受到限制，甚至取缔，所以，这种纯属民间的娱乐活动形式断了档。

及至改革开放以后，花会这种民间组织重新恢复时，许多人，包括花会的组织者，已经对老年间花会的规矩，以及它的文化内涵知之不多了。

花会，在中国有着两千五百多年的历史。它最早是以"民间杂耍"和"民间舞蹈"的形式，出现在年节的民间娱乐活动中的。

春秋时期，就有这方面的记载，到了汉代，这种形式被称为"百戏"。"百戏"当中以秧歌（又被称为侠客木）、高跷的表演为主。

宋代这种表演形式被称为"社火"。宋代的庙会已经普及，庙会期间的"社火"表演盛行于大江南北，这时已出现了民间自发性的"社火"组织。这是后来的香会组织的雏形。

香会的名称是在明代产生的。从明代开始，全国各地出现了大批民间香会组织。

中国长期以来是以农耕为主的农业社会，一年四季，有农忙的时候，也有农闲的时候，尤其是在北方，漫长的冬季，有将近三四个月的"猫冬"时间。

如何打发掉这段时间，便成了问题。香会正是利用这种农闲的时间开始活动的。

二

香会作为北方农村自发的组织形式，它是怎么"攒"起来的呢？

通常是村里的财主（本村的地主或本村的人到外面做买卖发了财），为了给本村的人做点善事，出一笔钱，让本村能张罗的人，把村里有本事、会点玩艺儿的人请"出山"，组"会"，进行表演，花钱买脸。

这位能张罗的人，也就是后来的"会头"。毫无疑问，花会的会头是非常重要的角色，他能根据本村或本地的风俗及传统，选择有特长的人，比如会踩高跷的、会打鼓的、会耍棍的、能耍狮子的、能唱能跳的这些人凑到一块儿，然后商量以什么表演为主。

假如村里有两三位会打太平鼓的，或者会耍五虎棍的，便由他们做教练，在村里选拔喜好热闹的青壮年入盟，拜祖师爷后，进行排练，这样花会也就算攒起来了。

中国人干什么事儿都讲究名分，名不正则言不顺，花会组织尤其重视这些。人攒起来后，会头要自立名目，如练的是太平鼓，就定名为太平鼓圣会；练的是五虎棍，就定名为五虎棍会。按香会的会规，百年以上称"老会"，新成立的只能称"会"或"圣会"。

旗号戳起来后，还要去左村右邻去拜"山头"，即要得到先成立的花会会头们的认可。认可了，便正式开始排练，练得差不多了，就可以拉出去在庙会上表演。

排练和表演的全部费用，都是由那位财主掏。一般情况下，他并不出头露面，只去那往外掏钱的，这就叫花钱买脸，也为了寻找一种心理平衡。

过去，人们有一种观念，挣了大钱、发了大财，不给本村人做点善事，会招人恨的，同时，老天爷也不答应，家里总有倒霉的时候。

舍得舍得，有舍才有得。所以人一旦发了财，得想办法往外扔点儿钱。北京人管这也叫"不冤不乐"。

您这个村有了"五虎棍"会，我这个村也不能"白板"呀，于是也有财主花钱买脸，能张罗的人也去召集本村会玩艺儿的人组织人马，选择项目，打出一个会的名目，进行排练，拉出来表演。

如此一来，在农闲期间，借庙会的机会，或在节庆的日子，十里八村的香会组织便凑到一起进行比赛，看谁花活多，看谁技艺高，民间也管这叫"走会"或"斗会"。

这种风气到了清代中期达到高潮。几乎每个村都有香会，有的一个村甚至有两到三档（音荡）香会，而且从农村扩展到城区。

三

北京人管香会的表演，也叫耍花活。走会的时候，主要是看谁的花样多，花活多，所以也把香会称为花会（不知道还有没有其他说法）。

据了解，把香会称为民间花会的，最初只有北京，后来叫出去了，天津、河北一些地区也改了口儿。

民间花会，分为文会和武会。上面说的表演玩艺儿的属于武会。

据已经离世的老会头隋少甫先生介绍，京城的武会耍的玩艺儿主要有 13 档。每一种玩艺儿（表演的项目）叫一档。

我从老爷子的口中得知，这 13 档花会都受过皇封。按老年间的会规，把这 13 档花会表演编了一个顺口溜儿：

> 开路打先锋，五虎少林紧跟行；
> 门前摆设侠客木，中幡抖威风；
> 狮子蹲门分左右，双石头门下行。
> 石锁把门挡，杠子把门横；
> 花坛盛美酒，吵子响连声。

杠箱来进贡，天平称一称。

神胆来蹲底，幡鼓齐动响太平。

民国以后又增加了3档花会，顺口溜儿又加上了"门外旱船把驾等，踏车云车紧跟行"。

这个顺口溜儿中，囊括了武会的16档花会表演项目：

一、"开路"，即耍叉。

二、"五虎少林"，就是五虎少林棍。

三、"侠客木"，即秧歌。

四、"中幡"，又叫大执事，即耍中幡。

五、"狮子"，就是耍狮子。分为太狮和少狮两种。

六、"双石头"，也叫举砘子，两头是石头，中间是一根横杠子，类似现在的杠铃。行进中边举边耍。

七、"石锁"，即耍石锁。石锁是把一块长方形的石头，上边凿成一个像手柄似的窟窿，一只手能拎起来。因为形状像古代的铜锁，所以叫石锁。石锁有大有小，有轻有重，重的有几十斤，轻的也有十几斤。

从前，北京胡同里的孩子，常用石锁来练身上的肌肉，类似后来的哑铃。但哑铃是成双成对的，石锁一般是单个儿的。花会表演的石锁，通常是几个或十几个身强力壮的小伙子，几十斤重的石锁，在他们之间掷着玩，像打拳似的有许多花样，如"海底捞月""神针探海""张飞骗马""苏秦背剑"等。

八、"杠子"，是用木杠或木棍绑在骡车上，类似现在的单杠。车走杠子也走，人在杠子上表演各种高难动作。

九、"花坛"，就是耍坛子，后来成为杂技表演项目。

十、"杠箱"，杠箱是长约八十厘米，宽度和高度约五十厘米的木箱，类似过去戏班装行头（戏装）的箱子，木箱的四周画着一些戏剧人物，上边挂着会旗和小铃铛。

杠箱表演带有箱官护送皇家宝物路上被劫，最后绿林好汉相救等故事情节，如《京都风俗志》所描绘："杠箱一人扮幞头玉带，横跨杠上，以二人肩抬之，好事者拦路问难，则谑浪笑语，以致众人欢笑。"

十一、"天平"，即老北京的"什不闲"和"莲花落"这是两种民间的曲艺。"什不闲"也叫"十不闲"，有两种说法，一种是十种乐器一个人一齐敲打，另一种是老北京天桥的一种民间表演，在一个木架子上拴上绳，上面挂着锣、镲等打击乐器，这些乐器还系着线，脚下一动也能响，表演者一边唱着类似"岔曲"的曲调，一边手脚并动，敲打着乐器，所以叫"什不闲"。

十二、"吵子"，就是大铜镲。因为走会时，几十个人手里拿着大铜镲一起敲，所以有"响连声"之说。

十三、"神胆"，就是胯鼓。所以这个会叫大鼓会，行话也叫"锅子会"。为什么叫"神胆"呢？

据隋少甫老爷子介绍，北京最早的一档香会在白纸坊。相传这档会是明朝永乐皇上从南京带过来的，曾经保过驾，朱元璋御赐这档大鼓会为"神胆"，故有此说。

十四、"旱船"，就是跑旱船，古代称"旱划船"。跑旱船的表演主要是《白蛇传》里水漫金山寺的情节，主要人物有白娘子、小青、许仙、法海等人物。这种会在北京最早出现在清朝，至今仍是庙会上走会的主要表演形式。

十五、"踏车"，即自行车，此会主要是车技表演。北京有名的会是"万里云程踏车老会"，成立于民国八年（1919年），此外，还有东城的"尊古夺今踏车圣会"，成立于民国二十六年（1937年）。入会者，多是当年京城玩车（玩自行车）的阔少或八旗子弟。

十六、"云车"，即小车会，也称"太平车"。所谓"小车"，就是用竹子或木棍做成的木框，然后用布扎成框围子，画上车轮，车轮上还画着云彩，故名"云车"。

其实这"车"是假的，演员化妆成俊俏的美女（古装），腰里有两个钩子，将小车钩起。"车"前装一双假腿如盘膝而坐，看上去像这位美女坐在车上，实际上，她是用两条腿在走。

小车会的表演有十多个演员，基本角色有浓施粉黛、花枝招展坐车的媳妇，身穿彩衣的拉车姑娘，扶车的丫鬟，推车的老汉，文扇（俊扮公子）、武扇（丑扮公子），丑老妪（即手持大烟袋的丑婆子），戴眼镜的盲人，身穿破僧衣、头顶济公帽、手持破扇子的和尚，头梳"冲天槌"小辫的傻柱子，头梳刷子辫的傻丫头等。

这种表演有瞎子逛灯，老妈儿上京，提拿费德功等故事情节。据说，拉车的是贺人杰，推车的是老楚彪，坐车的是张桂兰，公子是黄天霸，这些情节多出于民间故事。小车会，现在仍是庙会上经常能看到的老会表演。

四

当然除了这16档"会"之外，北京地区的武会还有：太平鼓（迎年鼓）、十番会、竹马、跑驴、花钹（小钹）、龙灯（耍龙）、花鼓（腰鼓）等。

考证起来，北京地区武会的这些表演，都跟寺庙有关。

武会表演的项目，实际上就是庙里的物件，庙里有什么，武会就有什么。

具体说，开路（耍钢叉）、专打神路，是为神佛开道的。五虎棍专打人路，是为拜佛的香客开道的。

侠客木（秧歌），就是庙门前做木栅栏用的木棍（木板）。

中幡，是庙门前的大旗杆。

狮子，是庙门口两边儿的石狮子。

双石头，是庙旁门木栅栏底下的石轮。

杠子，是庙门上的门闩。

掷子（石锁），是庙门上的锁头。

杠箱，是为庙里装钱粮的。

花坛，是庙里殿内盛"圣水"用的。

吵子，是庙里的钟楼。

胯鼓（神胆），是庙里的鼓楼。

旱船，是从水路给庙里送钱粮的。

踏车，分五路，为庙里催促钱粮的。

小车，是从旱路（陆地）为庙里运送钱粮的。

您看，是不是武会表演的项目，跟庙里的物件全能对上。

五

除了武会，还有文会。所谓文会，是指为朝山进香者服务的善会。会的组织形式跟武会不同，发起人通常也是有钱的人找能张罗的人，组织一个会，入会者有钱的出钱，没钱的出力。

文会主要是在寺庙开庙（举行祭祀庆典）时，为香会（武会）、香客和寺庙做各种善事，如负责安排这些人的吃、喝、行的服务。

文会又分为坐棚和行香两种。坐棚，是在固定的地方搭棚（俗称茶棚）设点。"棚"代表娘娘的行宫，所以棚内受供奉娘娘。

按老事年间开庙敬香的说法："文会烧香，武会献艺"。所以"棚"内也要摆上佛像、供品，并设有执棚、执旗、执督等（都是会友来担当）。

行香，没有固定的场所，在走动中为香会（武会）、香客来服务。

需要说明的是，文会走会的地方主要是"三山五顶"。

"三山"，即：妙峰山（门头沟）、丫髻山（平谷）、天台山（石景山）。

"五顶"，即：东直门外的东顶、海淀蓝靛厂的西顶、永外大红门的南顶、安定门外的北顶、丰台草桥的中顶。

所有的服务者都是纯义务，分文不取，主动行善，有点儿像现在的志愿者。

文会的"文"，到底都有哪些内容？

据隋少甫先生介绍，这就看行善者捐什么了。捐什么就是什么会。比如行善者捐茶，就叫"茶会"；捐馒头，就叫"馒头会"；为香会和香客缝衣补鞋，就叫"缝绽老会"。

具体说有多少种文会呢？

据文献记载，京城文会在清末民初达到高峰，有名可查的文会有上百种，数百档之多，如"粥茶老会""燃灯老会""绳络老会""旗尺老会""盘香老会""面茶老会""献盐老会""拜席老会""彩棚老会""修路老会""蜜供老会""窝头老会""百鲜圣会""献花圣会""糊窗老会""花盆圣会""供碗老会""茶盅老会""蒲垫老会""香油老会""香斗圣会""膏药圣会""巧炉老会""绿豆圣会""长春署药清茶老会""香竹筷子圣会""献袍圣会""三伏净水老会"等等。

凡是吃的、喝的、穿的、用的都可以组成"文会"。

这种与拜佛有关的"文会"，一直延续到1950年代，后来政府提出破除封建迷信，这一民俗活动自然也受到牵连，从此销声匿迹。

"武会"由于带有民间娱乐表演性质，"香火"一直延续到"文革"前。

值得一提的是，1949年北京和平解放时，一些民间花会（武会），还参加了开国大典的群众游行活动。

上面说的那16档"武会"表演形式，解放以后，有的归入了杂技表演项目，如车技、耍坛子、耍叉、耍杠子等。有的归入了曲艺表演，如"什不闲"和莲花落。

有的因为表演过于"简单"（单调），如耍石头、耍石锁、杠箱等，后来玩的人越来越少了。

作为民间花会的保留项目，目前只剩下少林五虎棍、耍中幡、秧歌、耍狮子、小车会、跑旱船、吵子、胯鼓等七八个了。这些表演，现在您在春节庙会依然能看到。

六

民间花会经历数百年的发展，已经形成了一整套的会规和走会的通例，其组织形式非常规范。入会、拜师、香会的箱笼（也叫"钱粮"，即会里固定资产）、出会、朝顶进香、叫香（保香、回香）等等，都有相应的规矩。

尽管用现在的眼光看，这些规矩带有一些迷信色彩，而且如今的民间花会，虽然大面儿上是民间组织，实际上是由村里或街道组织的，对过去香会的会规不但不懂，而且也不走这一"经"了。换句话说，没有那么多老的规矩套子了。

但是，对于研究老北京民俗来说，了解这些走会的规矩，还是很有必要的。

民间花会的组织者，一般被称为会头。会头除了具备一定的功夫，还得能张罗事儿。所以会头都是由德高望重、有头有脸儿的人来担当。

按民间香会的行规，会头要有师徒承传关系。到了21世纪初年，上个世纪承传下来的老会头，已经硕果仅存了。

我从20世纪80年代开始，以研究北京民俗为乐事，并在《北京晚报》主持"京味报道"专版，在一次采访中，结识了京城有名的老会头隋少甫先生。

隋老先生是20世纪40年代，京城"万里云程踏车老会"的第二任会头（第一任会头叫章慧民）。

我刚认识隋少甫时，他已经奔八十了，身子骨儿还很硬朗，耳聪目明，脑子很好。当时，像他这种资历的老会头，在京城已经没几位了。

隋老爷子在京城绝对是个"人物"，他见多识广，肚子也宽绰（肚子里有玩艺儿），他的经历也很有传奇色彩。

他曾跟我说，年轻那会儿，酷爱玩车（自行车），一开始是在两个轮子上折腾，后来两轮变成了独轮。他能在独轮车上表演十八般武艺，车技出众，这也是他能当会头的一个原因。

有一年，他带着"万里云程"老会的十几号人到西北表演，后来经人指引，到了延安。

当时的延安是"革命圣地"。他们一行人在延安呆了十来天，毛泽东还看了他们的车技表演。

他肚子里的"典故"实在太多，也特能聊，有时聊着聊着，冒出一个典故来，会让人大感意外。

有一次，我跟老爷子到前门外的门框胡同月盛斋老铺喝酒，老铺的掌柜马老爷子作陪。

马老爷子聊起了著名相声演员李金斗，说"斗儿哥"到他这儿吃过酱羊肉。

隋老爷子随口说道："他呀，他是我干儿子，见了我得叫干爹。"

"斗儿哥"是说相声的，跟隋老爷子隔着行。他怎么成了老爷子的干儿子？我听了有点儿不大相信，以为这是老爷子闲聊天。

几个月以后，我在一个朋友的聚会上，碰见了"斗儿哥"。

我想起隋老爷子的话，对"斗儿哥"问道："你认识隋少甫老爷子？"

"斗儿哥"笑道："怎么不认识，他是我干爹呀！小的时候，他在崇文门外兴隆街口修自行车，见了我，总问饿不饿，爷儿们？然后，掏出几毛钱给我。让我到小吃店买个烧饼吃。"

"斗儿哥"的话，让我心头一热。敢情隋老爷子有这么好的人缘！

七

老年间花会的会头，有文化的不多。隋老爷子小时候，正经在现代的学堂里念过书。虽然称不上满腹经纶，却能识文断字，而且也能写点小文章，这在从旧中国过来的老会头中，是十分难得的。

有文化，加上好的记忆力，还有他从十几岁，便在京城花会界走会和张罗，使他成为在京城的花会界里，德高望重的"活辞典"。

隋老爷子性格豪爽、心性率真，像许多有本事的老北京人那样，他在侠义之中，透出几分刚烈；秉直之中，带有几分执拗。所以，有时脾气显得有些古怪，即所谓眼里不容沙子。

不过，只有跟他接触几回以后，您才会感受到他的心气平和。其实，他是一位能容人容事的老人。

我跟隋老爷子算是隔辈人，但他跟我并没有年龄上的代沟，我们挺能谈得来，算是忘年交。

他对北京的老事儿，特别是花会界的掌故知之甚多，每每跟他交谈，获益匪浅。

我曾经写过他的专访，老爷子敬重我的文笔，把我在《北京晚报》写他的文章，剪下来，用纸裱上，装在镜框里，挂在了墙上。

有时，他约我聊天，我因为忙，无法脱身。他说："我见不到你，只能天天看你写的文章了。"

我喜欢称他为老爷子。他呢，则叫我刘老师。我们俩真不知道这是怎么论的？

他平时烟很"勤"，也好喝两口儿，但不贪杯。酒一进肚儿，话便多起来，谈古论今，张嘴就是典故。我以为像他这种老北京人，是非常难得的。

隋老先生的父亲，当年走会时，是"内八档"里的"兵部杠箱"。"内八档"是在皇宫为皇上走会的八种套路，即表演形式。

隋老爷子受父亲的熏陶，掌握了许多走会的知识，加上他自己的丰富阅历，他肚子里的"存货"实在太多了。

大约在 1990 年前后，隋老先生便着手写一部京城花会方面的书。他想以自己的见闻，全面介绍京城花会的历史沿革，以及各种规矩套路，给后人留下一份遗产。由于年事已高，以及出版上的困难，他的想法很长时间未能如愿。

后来，他结识了王作楫先生。王先生原在一所中专学校任教，认识隋老爷子的时候，他已经退休。他瘦长的身材，面容清癯，平时少言寡语，永远是严肃认真的样子。

据他说，很小的时候就对北京民俗感兴趣，并拜著名北京民俗研究者金受申先生为师，能跟隋老爷子认识，也是一种缘分。

王作楫先生虽然没走过会，对花会的事儿也少有接触，但他很敬重隋老先生，并主动承担了为老人整理花会掌故的任务。历经几年的努力，终于在老爷子告别人世前，出版了《京都香会话春秋》一书，了却了隋老爷子的一大心愿。

隋老爷子这辈子饱经风雨，在"文革"中，被打成了"黑会头"以后，有很长时间闷在家里。直到 1983 年，当时的北京市崇文区文化局，为了挖掘民间花会，才请他"出山"，并且担任了区民间花会的秘书长。

老爷子可谓枯木逢春，宝刀不老，又抖擞精神，披挂上阵，恢复了万里云程踏车老会，并由他和另外几位老会头一起张罗着，在龙潭湖庙会上举办了花会表演。

这之后，民间花会开始"复苏"，各个区县的民间花会组织纷纷恢复，老爷子常被请去做指导工作，直到驾鹤西去，也算为北京花会的恢复与传承作出了贡献。

也许正是隋老爷子这一代老会头，对花会的执着热爱，以及晚年的努力，才使濒临失传的京城花会能传承下来。

百味杂陈合作社

现在的人平时买东西，一般都奔超市或便利店，进入互联网时代，电商又引领时尚，人们想买什么东西，可以不出家门，轻轻一点手机，就 OK 啦。

但是，远了不说，在 20 世纪 80 年代之前，胡同里的住户，平时买油盐酱醋、烟酒糖茶、锅碗瓢盆、文化用品、五金交电、针头线脑儿奔哪儿呢？

说起来，现在的年轻人可能想不到，那会儿住在胡同里的北京人，买东西都去合作社。

合作社？对，您听说过吗？

"合作社"，这个词会让人想到 20 世纪 50 年代，中国农村搞的合作化运动。

是呀，当时一个村，几户农民联手成立生产互助组，由互助组到合作社，集体的规模越来越大，最后在 1958 年左右，农村实行了人民公社化。

其实，当时的城市跟农村差不多，也在走合作化道路，所不同的是，它叫社会主义工商业改造。改造的内容就是把城市里的资本家和小商小贩"合作化"，说白了就是消灭私有制，实行社会主义的公有制。

老北京卖油盐酱醋的叫油盐店；卖日常生活用品的叫杂货店；卖食品的有各种老字号肉铺、点心铺；卖水果的叫果局；卖肉的叫肉床子；等等。"合作化"以后，这些小门小户的店铺都凑到了一块儿，名称就叫合作社。

北京胡同里的合作社就是这么来的。

二

合作社的门脸儿有大有小。大，不过七八百平方米，小不过一二百平方米，类似现在的小型超市。但甭管合作社的规模大小，都有一个特点：五脏俱全。

除了煤炭、粮食当时属特殊商品外，凡是老百姓的日常生活用品，合作社几乎应有尽有。

我小的时候，家里人要买吃的用的，毫不犹豫，第一个想到的就是合作社。

家里来客人得沏茶，我妈一看茶叶筒空了，立马儿把我叫过来："去，合作社买二两茶叶。"

有时，母亲炒着半截菜，发现酱油没了，赶紧把我叫过来："麻利儿到合作社打斤酱油去。"

为什么要用"打"字呢？因为当时酱油、醋、酒等液体，几乎没有瓶装，都是散装。人们得自备瓶子或碗，到合作社去论斤论两去买。

因为装瓶要用戳子，北京话也叫"提拉（音 dī le）"盛，所以要用这个"打"字。

小的时候，合作社给我留下最深的印象，就是卖糖果的柜台上摆着的五颜六色的玻璃糖罐，里面有橘子瓣的水果糖，有棕色的三角形状的粽子糖，有包着花色玻璃纸的棒棒糖等等。每次到合作社买东西，我总是情不自禁地跑到柜台看两眼。

另一个让我印象深的是，卖豆油花生油的打油器，这种打油器有流量标柱，售货员像用压水机似的往下一压，油就流进油瓶里。我看着觉得好玩。

小的时候，我特喜欢到合作社打酱油醋或芝麻酱什么的，尤其是麻酱，因为是用碗盛的，所以常常禁不住诱惑，在半道儿上用舌头舔几口，解解馋。那滋味至今想起来，仍会流口水。

由于酱、酱油、醋、酒等都是用缸盛着的，盖得再严实，因为买的人多，老得来回掀开盖上的，自然会跑味儿，所以，您一进合作社，就会闻到浓浓的酱油醋的味道。

我有一个发小儿的爸爸在合作社上班，也怪了，我什么时候见到他，都能闻到他身上带着那股子合作社味儿。

三

合作社最早是以卖副食和食品为主的，所以由各个区的副食品公司主管。分散在胡同里的合作社，其实属于各个城区副食品公司的网点儿。

这些网点都编了号，比如我小时候生活的辟才胡同，西口路南有个很大的合作社，人们也叫它"40店"，这就是网点的编号。

合作社的准确称呼是副食店，20世纪60年代初，北京的商业部门为方便老百姓，不但大力增加网点，而且还提出要丰富网点。

这一"丰富"，便开始追求"小而全"了，只要是老百姓生活需要的东西，都可以经销，比如辟才胡同东口的合作社，只有三间屋子那么大，但柜台里的东西特别全。

有一次，我姥姥让我到合作社买纳鞋底子的粗线，我家旁边的西口合作社没有。我便到锦什坊街中段路西的合作社。

这个合作社比较大，因为在上坡的位置，门口有几级台阶，所以附近居民都叫它"高台阶"。这个合作社也没有。末了儿，我转到辟才胡同东口的合作社，居然在这儿买到了。

那会儿的合作社，秋冬季是最忙的，过了"十一"国庆节，就开始准备卖烟筒和风斗了。

说起来也很有意思，其实，一节铁皮或铁合金的烟筒至少能用两年，可一到十月底安炉子的季节，烟筒都供不应求，合作社得单组建一个卖烟筒的小组卖烟筒。

这茬儿刚忙完，该忙每年的重头戏"冬储大白菜"了，用他们业内的话说，这就是一场"战役"。

四

那会儿，大白菜是北京人过冬的当家菜，当时，菜农种菜没大棚，也没温室，天儿一上冻，他们就"歇菜"了。所以北方的老百姓一到冬天，几乎吃不到新鲜的蔬菜，只有赶到年根儿底下，按副食本，能买几斤蒜苗、柿子椒之类的所谓"换季菜"。

因此，北京人冬天的饭桌上大白菜成了主角。但真到了冬天，您在哪儿也买不到大白菜，因为那会儿合作社卖菜的一到冬天，便收摊了，因为没得卖了。所以冬储大白菜，意味着每个家庭在整个冬天的吃菜问题，您想这能是小事吗？

买冬储大白菜是要凭购货本的。一家一户凭购货本按人头儿，可以买到一定数量的大白菜，供应的标准每年各有不同，但基本上是每人一百斤左右。

因为冬储大白菜的供应是有时间限制的，过期作废，而且由于气候的原因，比如赶上霜冻或天旱，北京本地的大白菜满足不了供应，得从河北或山东调运，在供应上也会出现断顿儿的时候，居民担心买不着，得深更半夜排队买大白菜。

偏偏这时候，老天爷也有意考验一下北京人的意志力。记忆中，每到买冬储大白菜的时候都会变天，不是来寒流，就是刮大风，有几年还赶上了下大雪。顶着雪花儿踩着冰渣儿，推着三轮买大白菜的情景至今记忆犹新。

合作社把卖冬储大白菜当成"战役"，胡同里的人何尝不是这"战役"的参与者？当时，谁都怕买不上冬储大白菜，有倒班的，有请假的，还有逃学旷课的，总之，都争先恐后。

不过，每到这时候，便体现出胡同里浓浓的人情味儿来了，邻居张大妈上了岁数，孩子不在身边，街坊王大爷半身不遂下不了床。这时候，邻里之间都会搭把手儿，排队不让带，一般都会先紧着大爷大妈家买，然后再考虑自己家。光买不行，还要给他们把大白菜在屋门口儿码好，再盖上草帘子，这才算完成任务。

买冬储大白菜的季节，平时沉寂的胡同喧闹起来，大白菜仿佛是一个轴心，生活的所有内容都围着它转动。

人们好像突然进入了大白菜的世界，谈的是大白菜，吃的是大白菜，满大街满胡同到处都是推车拉菜的身影，地上也是白菜帮子白菜叶子，仿佛空气里到处弥漫着大白菜的味道，这种场景一直延续到上世纪90年代初。

合作社的职工忙完大白菜之后，又开始准备过年的年货了。那会儿，买许多东西都凭本儿和票儿，年货也如是，芝麻酱、香油、粉丝、瓜子、花生等都凭本。人们怕本上的东西不买作废可惜，即便不喜欢吃，也要买。

而且人们平时上班没时间，所以每到年根儿，合作社便人满为患，买什么东西都要排队。虽然供应紧张，但透着年气儿。这大概是一年当中，合作社最热闹的时候了。

五

合作社是计划经济的产物，计划经济在老百姓眼里，是与人情世故搅和到一块儿的。所以，当时胡同里的人，都有一种讨好合作社售货员的心理。

为什么？因为和售货员如果是"关系户"的话，可以在合情合理的情况下，得到一点小小的关照。

比如您认识卖肉的，他会在切肉的时候，多给您切点肥的。当时肥肉可是好东西，人们求之不得。

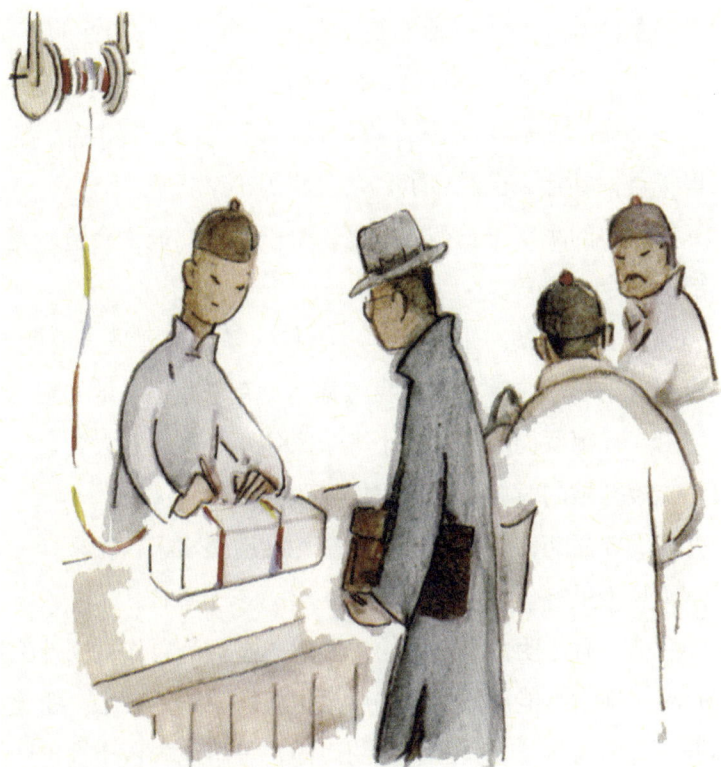

再比如您认识卖菜的，您买西红柿黄瓜时，他会捡大的拿。因为那会儿买东西，顾客是不能上手挑的。

其实钱一分不少，但东西却大不一样。这种心照不宣，在商品供应紧缺的时候，自然就成了一种潜规则。

当时的售货员号称"八大员"，年轻人都不爱干，其实售货员虽然工作辛苦，但却能给亲朋好友带来一些隐性的实惠，所以，谁家里有人当售货员，往往引以为荣。

不知是通过什么关系，我母亲认识了当时"40店"的一个售货员，姓什么已经忘了，姑且叫她小李子吧。

印象中的小李子长得很漂亮，个子不高，能说会道，爱人在部队是个小军官。

她是卖点心的。那时，卖点心和糖果、烟酒是一个柜台。我母亲对小李子非常客气，我感觉甚至有点儿巴结她的意思。

合作社离我们家很近，小李子家住石景山的八大处，所以中午吃饭打歇的时候，常上我们家跟我母亲聊天。

我妈要面儿，每次她来，都事先扫地擦桌子，像来什么贵客，而且家里有什么好吃的，也要给小李子留着。

后来，我才明白我妈对小李子好，是因为合作社来什么稀缺商品，她常常能事先给我妈通风报信。我妈不贪心，扭脸儿再告诉院里的街坊。大伙儿不约而同，早早地去合作社排队。

我妈在很多方面挺大方，但只有一件事儿跟街坊四邻是心照不宣的，那就是买点心渣子。

合作社在卖点心的时候，那些酥皮儿点心难免要掉皮儿，还有蘸糖的点心，一磕一碰也会掉渣儿。这些点心渣子看上去不起眼，但积少成多。装点心是用特制的长方形的木头盒子，一盒子大概能装十多斤，这些渣子凑到一起也不少。

这些点心渣子售货员不舍得倒掉，攒多了以后处理，一毛钱能买一大包。这种处理的下脚料，当然近水楼台先得月。有这机会，小李子便告诉我妈。因为点心渣子稀缺，我妈当然不舍得告诉别人。

每次我妈把点心渣子买回家，我和我妹妹都有一种过年的感觉。

当时买点心是要票儿的，后来不要票了，像酥皮点心这样属于高档食品的吃食，我们家也买不起，所以，这些点心渣子特别让我们解馋。

后来，小李子调到五金组，卖灯泡、电池去了，我们也就再也吃不到点心渣子了。

不过，我妈依然对小李子很好。这时，我才明白我母亲并不是因为能买到点心渣子，才和小李子交朋友的。

合作社的职工跟胡同里的人关系都不错，因为打头碰脸的老见面，所以很多售货员，胡同里的人都能叫出名字来。

六

尽管那会儿物资匮乏，胡同里的人谁也别说谁，都够穷的，但社会风气却没得说，人与人之间都讲诚信，讲德行。

合作社的地方有限，所以卖菜和水果一般都在外面搭棚设摊，尤其是夏秋两季，瓜果梨桃和西红柿、茄子、冬瓜等蔬菜都堆在商店外面，夜里也没人看着，但很少有人偷拿。

20世纪70年代初的夏天，京城突降大暴雨，雨从下午一直下到了晚上，街面上的水有齐腰深，您想到了胡同和我们住的小院，那水浅得了吗？

大水把合作社堆放的水果蔬菜都冲走了。西瓜、茄子、冬瓜等随着雨水，流到了胡同，流到了居民院，也流进了千家万户。

记得那次发大水，我在家门口捡到了两个西瓜、一个冬瓜，还有梨和柿子椒等两洗脸盆。这真是天上掉馅饼，不出家门就捡西瓜。

我和妹妹乐得合不拢嘴，把大水上了床和家里成了水帘洞带来的烦恼都忘了。

看着我们捡到的西瓜，母亲发了话："这瓜这菜可是合作社的，打死咱也不能动。"

"知道呀，这还用说吗？"妹妹说。

不是我们一家捡到了合作社的水果和蔬菜，但在人们的意识里，压根儿就不认为大水冲到自家门口的东西，是老天爷的恩赐，而立马想到了应该怎么做。

大水在深夜慢慢地退了下去，第二天一早，胡同里的人，一个挨一个地抱着西瓜、端着盛蔬菜的盆、拎着装着水果的网兜，奔了合作社。

后来听小李子阿姨说，这次大雨让胡同发了大水，可合作社外面被冲走的水果和蔬菜，差不多都让附近居民送了回来。

多少年过去了，我依然清晰地记得那场大雨，也依稀记得胡同里的人雨后给合作社送水果和菜的场景。

大概是到了 20 世纪 80 年代，胡同里的人才对合作社的称谓改口叫副食商店。但副食商店叫了有十多年，就改叫超市和便利店了。

不过，当年的老街坊见面，回忆往事时，仍然叫它合作社。

合作社，您别瞧名儿听着有点土，想当年它却是国有企业。所以，计划经济那会儿，小小的合作社却能体现出国家对老百姓生活的种种关心。

这是不是老北京人怀念它的一个原因呢？

解手进出官茅房

"官茅房"这个词，现在很多年轻人，恐怕不知道是什么意思了。

茅房，在老北京话里就是厕所。官是什么意思？按后来的说法，就是公家的意思，老北京人也叫"官家"。官茅房，其实，就是现在的公共厕所。

人吃五谷杂粮，有进就得有出。但不论是古代，还是现代，这个"出"，一直是人们比较忌讳的词儿，所以人们发明了许多别称。

古代的文人管这个"出"，叫"出恭"，您瞧这是多好听的词儿。当然还有好听的，如溷（hūn）、便所、毛司、沃头、登东等。

"厕所"这个词是怎么来的呢？其实，从咱们老祖宗那儿，没有厕所的概念，也没有"厕所"这个词儿。那会儿的人活得简单，大小便找个背人的地方，就直接"回归大自然"了。

后来，人们觉得人体的这些排泄物，是最好的肥料，"肥水不流外人田", 所以干脆就在养猪的圈里解决"出"的问题了。厕所的"厕"字, 其字义是猪圈的意思。后来, 文人才发明了"如厕"这个词。

显然, 大小便在那种地方不合适, 所以, 后来人们又给"行方便"单辟了个地方。

当然, 那会儿的人不会为此多花钱, 所以这种地方都比较简陋, 搭个棚子而已。为了挡风避雨, 棚顶都要铺些茅草, 因此, 人们又把它称之为"茅房"。您现在到偏远一些的农村, 还能看到这种"方便"的地方。

由此可知, 茅房不是北京土话, 这个词儿全国通用。当然, 有的地方也叫"茅厕""茅坑"等等。按照古代住宅的风水学, 茅房要盖在院子的西边或后边, 所以, 又被叫作"西间""西轩""西阁"或"舍后"。

二

老北京相当长的历史时期, 是没有公厕的。据我手头的资料, 最早的公共厕所出现在民国以后, 但非常简陋, 而且都在大街面儿上, 胡同里很少有公厕。

那会儿, "厕所"还属文词儿, 老北京人管厕所都叫茅房, 管公共厕所叫官茅房。

当时的北京人居住形式主要有两种, 一种是独门独院, 即一家人住一个院子。另一种是大杂院, 即几家或十几家住一个院。

但不管是独门独院, 还是大杂院, 都有茅房, 如同现在的单元楼房，必备厕所。

由于院里厕所没有排污管道，所以环卫职工只能背着粪桶，到院里的茅房掏粪便。

您可能知道五十多年前，北京出了一位全国劳模叫时传祥。他就是掏粪工，由于当时的国家主席接见过他，他成了家喻户晓的人物。

20 世纪 80 年代之前，您在胡同经常能看到，掏粪工人背着粪桶入户掏粪的身影。

我在几年前，到东城环卫局采访过，了解到直到现在还有掏粪工。

但是由于城区的公共厕所密度加大，平房院里几乎没有厕所了，所以，掏粪工很多时候也无用武之地了。

北京的胡同里建公厕应该是 20 世纪 60 年代的事儿。当然之前，大一点儿胡同也有，但非常少。建公厕跟取消院里的厕所有关，当然这也是城市发展的原因。

原来一个院住着五六个人，几年的工夫，呼啦啦增加到五六十人，自然上厕所得换地方了。

三

最早的官茅房非常简陋，而且也少。我是住外公家的四合院长大的，自己的院里有茅房。记得院里的茅房被取消后，第一次上官茅房还很不习惯。

那会儿的官茅房，特点就是脏，您听过马三立的相声《查卫生》吧，局长到下面单位厕所查卫生，刚一开门，就被一万多只苍蝇给推了出来，当然这是夸张。

但我上小学的时候，学校经常要让我们打苍蝇，并且要上缴死苍蝇，多多益善，少了挨说。每到这时候，我们这些孩子首选官茅房。

胡同里的官茅房好找，因为它带着味儿。记得一次，两个外地人跟胡同儿里的李大爷，打听方便之所。

李大爷来了一句："哪儿地方好闻，就是你要找的地方。"

味儿"好闻"不说，而且门窗不严，四外透风。晚上，官茅房的灯特别昏暗，就是15瓦的普通灯泡，所以，胆儿小的夜里都不敢一个人去上官茅房。

我小时候，胡同里的女孩子上官茅房，都要结伴儿，即便去离家近的官茅房，也要找一个两个伴儿，尤其是解大手。

那会儿，北京城没有夜生活，特别是冬天，一到晚上六七点钟，胡同里几乎看不着人了，路灯也很昏暗，官茅房幽幽的灯光，伴随着寒风呼啸，吹得窗户门山响，赶上阴天，没有星光，这时一个人蹲在茅房里，您说是不是有点儿让人瘆得慌。所以，家里大人怕女孩儿出事儿，从小就告诉她们：上官茅房别一个人去。

四

官茅房也确实是爱出事儿的地方，记得20世纪70年代初，京城传出一个在胡同的官茅房里发生的邪事儿：两个女孩儿去官茅房，一个方便完，在门口等。另一个蹲着蹲着，突然从茅坑里伸出一只手来，当时就把女孩给吓蒙了，她惨叫了一声。

门外的女孩闻声赶紧推门进来，只见从茅坑里伸出来两只小白鞋，顿时吓傻了，拉起那个女孩提拉裤子，撒腿就跑。

她们前边跑，那双小白鞋"咔哒咔哒"在后面追。夜晚，路上没有行人，两个女孩子失魂落魄地跑回家。

她俩一直到家门口儿，那"咔哒咔哒"的皮鞋声才消失。

女孩的家长听明白是怎么回事，急忙拎着棍子跑出去，但什么也没看见。据说那个女孩受此惊吓，神经出了毛病。

当时的北京的社会治安相对比较好，出了这样的邪性事儿，难免不引起街谈巷议。

当然在传的过程中难免添枝加叶，越说越邪乎，后来成了午夜惊魂的鬼故事。

多年以后，我问过胡同里的一位老"片警"，他说这是一个流氓在冒坏。原来"鬼"是想耍流氓。

20 世纪 70 年代，有一部手抄本的小说《一双绣花鞋》，有人说就是根据这件事编写的。后来，我跟作者张宝瑞成了朋友，问起此事，他跟我说知道这件事，但手抄本小说跟这件事没关系。不管怎么说，这件事把胡同里的女孩儿吓着了，晚上上官茅房胆子更小了。

五

别看胡同里的人不待见官茅房，但生活中又离不开它，所以对它又有特殊的感情。

首先进了官茅房人人平等，再牛的人进来照样闻味儿；其次胡同里的人平常见不着，只有上官茅房时能碰上，官茅房成了老街坊打头碰脸的地方。

"吃了吗您?"是北京人挂在嘴边儿上的问候语,即便在官茅房见面,打招呼依然是:吃了吗您? 谁也不觉得这句话说的不是地方。

您说茅房有味儿,很多人还"恋坑儿"。胡同里的老少爷们儿蹲坑儿时,常常不忘学习,闻着味儿看书看报,美其名曰:津津有味。

早晨是官茅房最忙的时候,蹲坑儿得排队。喜欢幽默的北京人发明了一个俏皮话:英国首都,轮蹲(伦敦)。

那会儿,许多名人也都住在胡同里,当然都上过官茅房。有一次,我跟演周恩来总理的演员王铁成先生聊起"轮蹲"的往事,他笑道:小风飕腚的滋味儿终生难忘。

大约在 20 世纪 70 年代末,北京人嘴里的官茅房,才改口叫公共厕所。

20 世纪 70 年代初,美国前总统尼克松访华,游览八达岭长城的时候,在长城脚下上厕所,让这位总统领教了中国厕所的味道。

随行的美国记者对此进行了嘲讽性的报道,由此引起政府对公共厕所的重视,敢情厕所也是一座城市的门脸儿。

正是从那时起,北京的公共厕所开始"革命",到 90 年代,北京的公共厕所发生了巨变,我曾对此写过长篇报道。

现在,官茅房的条件已经今非昔比了,连称呼也变成了卫生间、洗手间、盥洗室,还有叫化妆间的。

但是在 30 年前,我在官茅房蹲坑时,实在难以想象有朝一日,上厕所不只是一种方便,而是一种享受。

京城花店拾忆

一

北京人爱养花，自然，逛花店也就成了一种乐趣。

北京的花店一年四季花事不衰，各种各样的花儿清香满室，秀色宜人。冬天，绿叶红花，春意盎然；夏季，枝繁叶茂，清幽爽目。

这些年，随着老百姓生活水平的提高，人们更重视家居的品位，甭管住的地方大小，家具和摆设的古朴与新潮，总之，屋里总得摆上几盆花，这样才有品位，也显得有生机和活力。

当然，现在花的品种也多了，就连昔日只有文人雅士喜欢的盆景，也进入了寻常百姓家。花店里除了奇花异草以外，玲珑奇巧的盆景也占有突出位置。

二

在老北京，街面上是没有鲜花店的。一些史料记载的花店，均为簪花，即绢花店。

当年，京城的妇女以头戴身佩绢花为时尚。绢花曾是京城民间手工艺的一绝。

做绢花的手艺人摹仿能力极强，用各种颜色的绸缎，做出来的花儿惟妙惟肖，非常逼真，常常可以以假乱真。

京城簪花的制作与销售多为前店后厂，主要集中在崇文门外。北京有一条著名的街道叫花市，便是以此为名。顾名思义，花市的花，是簪花，而非鲜花，花的读音必须儿化，念成"花儿市"，不然便没味了。

那会儿，京城难道没有卖鲜花的吗？当然有。因为簪花再美，毕竟是假的，没有灵气，而且属于装饰物，真正赏心悦目的还是鲜花。

三

鲜花，不但老百姓喜欢，王公大臣、达官显贵也钟爱她。

据说当年的慈禧太后就酷爱奇花异草。您想她的小名儿叫兰子，就是个花名儿，她能不爱花儿吗？

"老佛爷"喜欢花儿，当然，她身边的宫女们也不能不喜欢。传说北京人爱喝的茉莉花茶，就是从慈禧"老佛爷"这儿来的。

有一年，一个宫女为"老佛爷"选茶叶泡茶，一不留神把头上戴的两个鲜茉莉花瓣儿，掉在了装茶叶的锡筒里，当时她也没看见。

过了几天，她给"老佛爷"选茶时，在锡筒里发现了这两个花瓣，并闻到一股淡淡的幽香。

宫女吃了一惊，知道自己闯了祸，生怕"老佛爷"喝出茶有香味，会受杖责。

果然"老佛爷"在她沏的茶里，喝出了茉莉花的香气。

"老佛爷"把宫女叫过来盘问，宫女吓得直肝儿颤，但又不敢在"老佛爷"面前撒谎，只好如实相告。

谁知，"老佛爷"一听，不但没责怪她，反倒击掌叫好，原来这种茉莉香味正合她的口儿。

于是，"老佛爷"命太监如法炮制，在装茶叶的锡筒里多放鲜茉莉花，以使香味更重。

太监心领神会，知道"老佛爷"好这口儿，嘱咐茶农用茉莉花窨（同"熏"）制鲜茶。

精明的茶农在采茶的季节，便开始用茉莉花窨制，使茶叶香气扑面，深受"老佛爷"喜爱。

后来茉莉花茶在王公大臣中传开，以后又传到民间，喝茉莉花茶渐渐地成为北京人的风习，直到现在仍不改口儿。

当然，这只是一种传说，而关于茉莉花茶的起源有多种传说。另一个版本的传说，把慈禧太后换成了武则天。

不管怎么说吧，花茶跟鲜花有关，而鲜花又是宫里皇妃的钟爱之物。

四

在老北京，皇宫王府需要的鲜花，直接由城南黄土岗（现在的地名叫花乡）的花农进奉。北京的花木产地，主要集中在城南丰台黄土岗一带的十八村。

那里的土质好，泉水多，适宜花木生长。花木除进奉外，花农便挑着担儿进城串胡同叫卖，或在庙会上摆地摊出售。

北京最初的鲜花市场在广安门内的慈仁寺，因为这儿离黄土岗比较近便。以后又挪到宣武门外的上、下斜街和土地庙一带。

每到花季，丰台的花农荷艳担香，从十几里外的花乡，步行到花市，一路飘香，成为京城的一道景观。

到了清末，花市又移到东西两庙（护国寺和隆福寺）。直到 20 世纪 60 年代，两庙仍是花市和花店较集中的地方。

北京地处温带地区，花期较短，应时应令的鲜花必须在温室里养植。老北京把温室叫"暖洞子"，这里养出的花也叫"堂花"。

因为"堂"的古字也作"唐"，所以也称"唐花"。现在中山公园里的花房，就叫"唐花坞"。

温室培植的鲜花，价钱昂贵，一般老百姓虽然喜爱鲜花，却难以问津。所以京城的妇女们才选择了"假花"即绢花。

五

直到民国初年，北京才有专门的花店。

那时城里人已有饮茉莉花茶的嗜好。一些茶叶铺怕从南方来的花茶跑味儿，便自己现窨现卖。窨茶主要用茉莉、玉兰、栀子、含笑等花。

要使这些花芳香浓郁，必须在含苞待放时掐下来。花骨朵儿和已开放的花，窨出来的茶，香味儿不浓，茶叶铺不要。

所以，茶叶铺要在午后时分掐花，然后用铁盒封好，茶叶铺按朵儿论价。这种供应窨茶的花店叫"白货厂子"。此外，有的花店还专门为药铺种植入药的花。

在老北京，花店的主顾大多是大宅门的达官显贵。这些大户逢年过节讨吉利，婚丧嫁娶装门面，都需要大量的鲜花。

当时一些王府和权贵的家里，都有专门养花的"花把式"，但有些大户人家为了减少雇用人工的负担，把养花儿的事由花店包下来。

花店的把式除了管拾掇宅门的花木，也管其他跟花有关的活儿，比如办丧事，花店管做"灵活"，用松柏扎成松人、松亭、松鹿，12件一套，这些"灵活"比卖鲜花更有赚头。

不过，红白喜事用的鲜花，毕竟不如平时人们家里摆放和院子里种的花儿多。花店的主要收入还是出售盆花和应节当令的鲜花。

六

老北京人活得洒脱，也活得滋润。住四合院讲究"天棚鱼缸石榴树，先生肥狗胖丫头"。夏天，要在院子里搭天棚，还要种上多种名目的树，摆上鱼缸。

院子里当然不能光种石榴树，还有象征富贵吉祥的四季海棠、玉兰、牡丹、丁香等。

为什么说多种名目呢？因为北京人在院里种什么花，在厅堂和卧室、书房摆什么花都有讲儿，不能乱种乱养乱摆。

老话说：桑梨杜枣槐，不进阴阳宅。为什么桑树、梨树、杜仲、枣树、槐树等不能在院子里种呢？

因为这些树种的谐音不好听，桑的谐音"丧"，梨的同音是"离"，槐的谐音是"坏"。这些讲儿，花店的花把式们都门儿清。

当然，花把式的功夫是拾掇花儿。养花是需要学问和技术的，一般人看花赏花可以，真让您养，未必能养得好。

解放后，北京的花店兴旺起来，除了一些传统花木，花木工人还不断地移植和引进新的花卉品种。花店里的花儿万紫千红，群芳争妍。鲜花的价格也越来越便宜，鲜花逐渐成为美化人们生活不可缺少的点缀品。人们逛一趟花店，花钱不多，就可以端几盆喜爱的花回家。

每年的四五月，京城的各个花店顾客盈门，逛花店成了人们生活中赏心悦目的事。

七

但是，谁能想到养花也会成为罪状呢？"文革"当中，红卫兵和造反派把养花，当成了"封资修"的产物。

十年内乱时期，北京的花店受到严重摧残，养花被视为资产阶级的闲情逸致，要"砸烂花盆闹革命"，花木工人用多年心血培育的名贵花卉毁于一旦。

当时，京城的花店都改换门庭，经营其他商品了，偌大的京城没有一家专营的花店。直到改革开放以后，鲜花店才重获新生。

20 世纪 70 年代末 80 年代初，东四的隆福寺街有了重新恢复的第一家花店。以后，护国寺、西单、东单、崇文门外又相继开办了几家鲜花店，但当时的花店均属"国营"，算是北京市花木公司下属的门市部。

这些花店除了卖各种应节当令的鲜花，也卖观赏鱼、金鱼或热带鱼。北京的花店，鲜花与观赏鱼"联姻"，应该说是从这时才开始的，这也成了当时全国花店所独有的现象。

到 20 世纪 80 年代末，京城有了属于"个体"的私营花店。随着市场经济的发展，到 20 世纪 90 年代，京城的花店几乎都变成了"个体"或民营。

八

如今，北京的花店（指鲜花市场）的格局，已发生了巨大变化。

首先，鲜花的品种多了。过去，北京花店经营的鲜花，以北京的品种为主，如春夏的茉莉、百合、栀子、玉兰、合欢、兰花、月季、牡丹等。秋冬的菊花、桂花、梅花、玫瑰、蟹爪兰、水仙等。

现在则不同了，花店里不但有北方生长的鲜花，也有南方生长的花木，还可以买到从国外进口的鲜花。

随着物流业和保鲜技术的发展，有些鲜花店，直接从亚热带或热带地区选购鲜花，空运到北京，拿到市场上出售。

即便在冬季，您在北京的花店可以买到四季桔、凤梨、杜鹃、大花蕙兰、君子兰、金桔、金琥等名贵花木。

其次，鲜花的用量日益增加，使鲜花市场蓬勃发展。如今，花木业已经成为一个新兴的产业。

过去鲜花市场主要面对家庭，现在则不然了，除了家居需要鲜花外，各种会议、庆典、红白喜事也需要大量的鲜花。

平日，不但宾馆、饭店和机关、学校、企事业单位的礼堂、会议室、会客厅、办公室需要摆放鲜花，就连个体餐馆或门市部也需要用鲜花来装点门面，鲜花的用量是过去的上百倍。

现在，京城已形成了新鲜花木的产业链，有些花店已发展壮大成为花木公司，不但有自己的批发兼零售的门市部，还有自己的花木养植基地，大一点的单位还建有自己的花房。

九

现在北京的花店，跟过去的花店也不一样了。过去的花店是一家一户的小门脸儿，即门市部。人们买鲜花，只能奔这种花店。现在，北京已形成了若干个大的花鸟鱼虫市场。

这类市场面积很大，北京人所说的花鸟鱼虫儿"四大玩"都集中到了一起。除了这"四大玩"，还有奇石、紫砂、玉器、古典家具等文玩。

人们到花鸟鱼虫市场逛一趟，想看的想养的想玩的东西都能买到。

值得一说的是，过去那种一家一户的小门脸儿花店，在京城还能找到，但有所不同的是，现在这种花店主要经营的是插花。

这种插花是20世纪90年代末，从日本和东南亚引进的"舶来品"。目前深受喜欢时尚的女士们喜欢，尤其是青年人为自己的情侣买几束鲜花作为礼物。

情侣们手捧鲜花，会感受到一种浓浓的爱意，胜过许多甜言蜜语。而新居摆上几束插花，会让人们贴近大自然，让居室"环保"，清新怡人，也会给平淡的生活增加许多情趣。

人们的生活离不开绿色，也离不开鲜花。就像人们的生活离不开阳光、空气和水一样。

有花就会有花店，花店是一座城市历史发展的一个缩影，也是一座城市历史文化的一种载体或符号。透过花店的变化，我们可以感受到一座城市的历史变迁和发展，难道不是吗？

遥想当年护城河

林先生从台北回北京探亲，瞅见什么都觉得新鲜。

也难怪，60多年前走的时候，他还是蹦蹦跳跳的小孩儿，这会儿，已然是以拐杖助力的白发老人了。

不过，离开北京60多年，他的乡音没改，依然说的是一口京片子，时不时还会蹦出一句半句俏皮话。

我陪林先生和他孙女逛了逛街面儿，他没走几步就转了向，一个劲儿嘀咕："走的那时候，不是这样儿啊！"

"是呀，六十年了！"我感叹道。

出了二环路，林先生舍不得挪步了："护城河在哪儿呢？"

护城河？我赶紧也从记忆里去搜寻那条曾经让北京人骄傲过的护城河。

护城河，老北京人谁不知道护城河呢？

老北京城的格局，城有四重，即紫禁城、皇城、内城和外城。有城，就有护城河。所以四重城，就有四条环绕城的护城河。

在冷兵器时代，护城河是城的重要屏障，也是城的重要组成部分。古代人说到城，往往用"城池"这个词儿，这里的

"池"，其实就是指护城河。

北京的护城河是活水，每条护城河都是流动的，河与河也是相连的，以至于形成了密密麻麻的水网，构成了京城独有的水系。

北京城的护城河，如同古都的一条条项链，在显眼的位置闪亮生辉。护城河又像是城市肌体里的动脉，在静静地流淌中，感受着一年四季的变化，聆听着历史的脚步，印证着城市的变迁。

但是随着古老都城发生的历史变迁，护城河也随之发生了变化。目前，北京真正意义上的护城河，只有紫禁城，也就是故宫的护城河，北京老百姓俗称的"筒子河"了。

皇城、内外城的城墙几乎都拆了，当然，护城河也跟着消失了。

眼下，内城的北段，还保留着一段护城河，外城的东部和北部也保留着一段护城河，所以，现在老北京人口头儿上说的护城河，主要是指这两段护城河，但叫护城河，只是一个河名而已，这河早已没城可护了。

我陪林先生和他孙女来到安定门外的北护城河畔，望着平静无波的水面，我向老爷子讲起20世纪60年代，北京人挖防空洞，拆城墙，以及后来在护城河道，修环城地下铁道的往事。

我对他们介绍："你们如果坐北京地铁2号线，就会发现很多门的地名，西直门、安定门、朝阳门等等，现在地铁走的路线，就是当年的护城河。"

"噢，地铁是在原来的护城河上走呀！"林先生的孙女感叹道。

"对，是老北京城内城的护城河道。"我更正她的话说。

"噢噢，内城的护城河！"林先生沉吟道："那是一条多么幽静安谧的河呀！"

我的话触动了他的敏感神经，又让他勾起记忆的涟漪。

"在台北，在美国，只要能碰上在北京居住过的老人，都会想起这条护城河的。"老人情真意切地说。

"护城河真能这样牵动着老北京人的心吗？"

"能的呀！海外的游子，不论你是说着一口地道京白的老北京，还是客居北京的外乡人，只要提到护城河，就像一根线把两颗心拴到了一块。"

60年前，林先生的住家在安定门内炮局胡同，放了学，便跑到护城河边撒欢儿。春天，踏着刚返青的浅草放风筝；夏天，光着膀子，穿着短裤，到河里摸小鱼捞蛤蟆骨朵儿；秋天，在岸边的草窠子里和石缝间捉蛐蛐儿；冬天，在封冻的冰面上溜冰床子玩……

儿时留在记忆中的印象，是难以抹掉的，说来并不足奇的一档档子小事，也竟让他记几十年。

由于护城河改成地铁的缘故，林先生执意要坐地铁2号线溜达一圈儿。

当我和林先生还有他孙女挤上地铁，环城兜圈时，林先生的眼睛凝视着窗外，像是寻找着逝去的往事。

窗外黑洞洞的，玻璃上照出他爬满皱纹的脸。车到安定门，我们下来了，步出地铁车站，走进四月温暖和煦的春意里。

眼前是一段通浚的护城河。清澈的河水，石砌的护堤，岸边的柳树正吐绿扬花，桃花开得正艳，依然是幽静舒缓的河面，映出的却不是古老灰暗的城墙，而是一幢幢拔地而起的高楼大厦。

瓦蓝的天空，不时有鸽群掠过，抬眼远眺，西山的黛色层次分明，几个老人拎着鸟笼悠闲地遛弯儿，一个小孩儿雀跃着在草地上捕捉一只蝴蝶。

这里远离市区的喧嚣，一切都显得平和恬静。

"这是当年的护城河吗？"林先生吃惊了。

我笑着给他讲起十几年前，全市各界在此会战的情景。

老人感慨万分，频频点头。

铿锵的"二黄"打断了林先生的思绪，街心花园的回廊里，几位老"票友"在摆"清音桌"（没有胡琴伴奏）。

"拜上了信阳顾年兄，自从在双塔寺分别后，倒有几载未相逢……"一位老者在唱《四进士》，音宽嗓高，气稳腔柔，令人回肠荡气。

林先生这位在护城河边长大的"戏篓子"，被这几句唱儿勾动了恻隐之心，他拉着我扎进了人堆。

"你们也许不认识我，我也不认识你们，可我是从台湾回来的老北京，护城河边长大的……"林先生哽咽着说出了自己的身份。

老人们的巴掌拍到了一块儿。林先生在这些老北京的撺掇下，耐不住性儿了，他擦净眼角的晶莹物，擞擞嗓子，动情动容地来了段"西皮"。

苍老的京腔京韵，在护城河畔回响……

皇都烟柳

———

北京人都知道那首说"数九"的民谣："一九二九不出手，三九四九冰上走，五九六九沿河观柳……"

按正常的北方节气，"五九六九"一般是在农历的正月。其实，这会儿正是北方最寒冷的时候。

您忘了那句民谚：腊七腊八，冻死寒鸦。还有一说：腊七腊八，冻掉下巴。

能把寒鸦冻死，把下巴冻掉，您想想这天儿有多冷吧。但为什么民谣又说可以"沿河观柳"呢？这是不是有点儿矛盾呢？

我小的时候，每到"五九六九"心里就犯嘀咕。而且总是下意识地在胡同里踅摸那棵老柳树。这棵柳树据说有七八十年了。

腊月观柳，这似乎成了我的一个毛病。直到现在，到了"五九六九"，我脑子里依然转悠着那棵老柳树，琢磨"观柳"这茬儿。

二

北京人为什么对观柳这么上心呢？因为观柳，实际上是"观春"。

说起来，这里还是蛮有诗意的。我曾经想过观柳的真正含意其实是"探春"。

年轻的时候，特喜欢雪莱的一句诗："冬天来了，春天还会远吗？"这句诗的意境真是绝了！

用这句诗的意境，来读"五九六九沿河观柳"，也许才能品出"探春"的韵味来：最冷的时候，也就预示着温暖的、绿色的春天即将来临。

但是真正领会到其中的奥妙是挺难的。

因为在冻掉下巴的"五九六九"，在凛冽的寒风中，冬眠的柳树早已经被"冻僵"，干枯的柳条有气无力地晃动着，像是在瑟瑟发抖。

这种时候，您就是把眼珠子瞪出来，也不可能在柳树身上，找到丁点儿绿的影子。

春天的影子在哪儿呢？

那时，我总是在心里怀疑"五九六九沿河观柳"这个民谚是不是靠谱？

以至于把它跟"七九河开河不开，八九雁来雁准来"联系起来，私下将它改为："五九六九带寒气，沿河观柳柳不绿。"

三

北京的胡同柳树很少，因为柳树在春天的扬花季节，您会看到柳絮漫天飞舞的镜头，一出门，披一身柳絮回来，这多少是讨人嫌的。所以，胡同里的人很少种柳树。

记得小时候，听胡同里的老人们聊天，说人有时候像柳树，走到哪儿都能活。

我好奇地问："真的吗？"

那位老爷子笑道："你是说柳树吗？那还有假？树里它最容易生存。不信你试试，从树上撅根柳条插地上就能活。"

我那时好奇心重，开春的时候，还真从树上撅了根柳条，插在院子的花池子里了。想不到它还真活了，第二年居然长出了嫩绿的叶子。

"谁让你种它的？"我妈看见了，责怪我说。她毫不犹豫地把这棵小小的柳树苗给拔掉扔了。

母亲看出我的不快，对我说："哪儿有院里种柳树的？"

瞧她像犯了什么大忌的样子，我再不敢言语啦。

敢情老北京有讲儿："桑梨杜枣槐，不进阴阳宅。"此外还有柳树、松树不能进阳宅的说法。

为什么柳树不进一般人家的院子呢？这里有一些传说，我以为主要还是跟春天飘柳絮有关吧。

四

在老北京，凡是有柳树的胡同，几乎都跟河道和水井有关。

老北京城的河道纵横，为什么老北京的一些胡同不是直的，而是曲里拐弯的，就是因为早先它是河道，北方的河道两旁通常都种柳树。

此外，就是在水井旁植柳，因为柳树喜欢水。老北京没有自来水，人们喝的用的都是井水。

那会儿，专门有人在胡同打井。打出甜水来，就专门经营这口井。经营者在井边盖个窝棚或小房守着，附近的人到他这儿来打水，要给他点钱。人们管这叫"井窝子"或"井屋子"。

"井屋子"夏天要有阴凉儿，所以在井旁种一两棵柳树。

时过境迁，北京的胡同变化很大，有许多胡同已经变为马路或高楼大厦，但地名还在，您如果翻老北京地图册，会发现不少跟柳树有关的地名儿。

当然，有的胡同拆了，老的柳树还在。但这种情况已经非常非常少了。因为北京的老胡同多种槐树。

槐树也是北京的市树。当年北京市政府在旧城改造时专门有保护古树的规定，其中有 50 年以上的槐树、枣树等不能伐。曾经有人因为伐了一棵老槐树被判刑的事儿。

柳树却没有这样的待遇，也许是因为柳树好活，而且长得快的原因吧？

许多老北京人认为柳树是下等"树民"，所以不把柳树当回事儿。

其实，柳树的用途挺多的。我在工厂当过烧炭工，当时我们是根据树种的特性，来烧不同用途的木炭的。

柳木的木性是轻柔绵润，但有韧性。所以当时的北京礼花厂做礼花和我们过年放的爆竹，都用我们烧的柳木炭。

从中，我也进一步认识了柳树的性格和它的价值。

谁说它是下等"树民"？即使它烧成了炭，还能绽放出五彩斑斓的光束。

五

柳树在春季的生长是飞快的，特别是开春以后，几乎是一天一个样儿。

"春风杨柳万千条"，柳条在春天里的婀娜多姿，会让人在领略浓浓的春意时，真正体会到什么是赏春。

但是在"五九六九"的腊月，您是无法想象到枯枝败叶的柳条，会"起死回生"，会在春风里那么撒欢儿地证明自己的新生。

很长时间，我才明白"五九六九"在胡同观柳的枉然。

一位老北京人告诉我："您呀，观柳得奔河边儿。"

这时，我才醒悟到民谚本来说的就是"沿河观柳"呀！

不过，寒冬腊月，河边的柳树跟胡同里的柳树几乎没有什么两样。此时，河柳也在寒风中哆嗦着呢，根本找不到春的影子。

难道"五九六九沿河观柳"只是一种说法，抑或是人们向往春天的一种寄托吗？

这个问题困惑了我很久，直到有一天，看到了李自成的故事，我才恍然大悟。

传说李自成小的时候非常淘气，但胸藏大志，村里人说他有帝王之相。他妈带着他找人算命。

算命的见了他，果然大惊失色，对他妈说，这孩子将来能坐天下，即能当皇上。他妈将信将疑，问算命的，那得等什么时候呀？

算命的说，你看河边的柳树了吗？什么时候那棵垂柳能够到水面儿了，他就能坐天下了。

李自成记住了算命先生的话，跑到河边看那垂柳。这时候，那垂柳离河面还远着呢。从此以后，他几乎每隔一段时间，就到河边看那柳树，但就是不见那柳条能沾水面儿。您想柳树哪能长得那么快呀？

又过了几年，李自成已经长成大小伙子了，再看那棵柳树，还是够不到河面儿。李自成沉不住气了。不是够不着吗？他爬上树，一把抓住几根柳条，直接往下拽，柳条是够着河面了，但也让他给拽折了。

后来，李自成发动农民起义，打进了北京城，但只坐了十几天的皇帝，就被吴三桂的军队和清军打跑了。后人想起了当年李自成折柳的传说故事，说这便是一种不祥之兆。

是不是征兆，很难说。我倒是觉得这个故事，起码说明李自成是一个缺乏耐心的急性子。这种性格怎么能坐得稳江山呢？

也许是从这个故事得到的启示，我终于明白"五九六九沿河观柳"，需要耐心，需要等待，需要静观，不能心急。

是的，等待，也是一种观察。在等待中，才能体会到"观"的乐趣。

六

过了正月十五，当一股股和煦的春风吹过来的时候，您漫步在京城的河边，会在蓦然之中，发现摇曳的柳枝晃动着春的影子。

当你愣神的刹那间，柳条已经变绿。也许只有在这时候，您才能体会到"五九六九沿河观柳"的寓意。

柳在北方算是最先报春的树木。"五九六九沿河观柳"。在料峭的春寒里还隐现着冬的残影，岸边的柳条像是探春的姑娘，轻歌曼舞地喧闹起来。

当你在烟色迷蒙之中，寻找春意的时候，柳会最先映入眼帘，柔和的柳条吐出鹅黄，婀娜依依在冲你点首。

你还来不及观赏，柳已抽出绿苞，转眼间结出淡黄色的小花。你想多看她几眼，可是一扭脸，她已结子成果，在春风荡漾的天空中，她变成白色如雪的柳絮，翻飞迷蒙，使人徒增几分凄迷惚恍的情思。

古人称柳为"烟柳"，想必由此而来。

古往今来，咏柳的诗篇最多。唐朝的大诗人李白、杜甫、白居易，都留下咏柳的佳句。

最有名的当属唐代贺知章的《咏柳》："碧玉妆成一树高，万条垂下绿丝绦。不知细叶谁裁出，二月春风似剪刀。"

柳在中国的文化中确有一席之地。细长的柳枝，柔弱缠绵，拂水飘逸，亲友送别时，柳条依依，饱含缱绻的柔情和恋意。因此，折柳赠别是古代情人送行的方式。

《诗经·采薇》中有"昔我往矣，杨柳依依；今我来思，雨雪霏霏。"柳如同南国的红豆，成了恋爱情侣的相思物。

<h2 style="text-align:center">七</h2>

北京的柳条分垂、杨两种。垂柳多植于河岸，杨柳多种在街头巷尾庭院公园。柳树最易栽种，折条柳枝即可插种，不需精心料理，转年便长成小树。

20世纪50年代，北京开展绿化活动时，人们在门前屋后折柳条栽之，这些柳早已绿树成荫，而北京以柳为名的街巷有数十条之多呢。

柳具有坚贞的性格，生命力极顽强，即使大旱大涝，她也照样生存。寒冬，百树凋零，柳是最后脱去绿衣的生命使者。那样多情的柳叶就是在冰天雪地也还恋着母体，尽管身躯已然干枯。

诗人常以柳比作生命力的顽强者。毛泽东曾用柳作比喻，号召领导干部像柳条那样插到哪儿就在哪儿生根，生活在人民群众中。

柳除了给人们带来春色，带来绿荫，在人们的生活中有着广泛用途。

春天，柳的嫩芽可以入药，败火清胃。柳的木质好，纹理细腻，用于制作各种家具和生活日用品。柳木体轻，烧成木炭，可以制作烟火和爆竹。柳可以说通身是宝，柳条可以编筐，柳的树墩也有用，做菜墩最佳。

柳树很少生虫，古人以此把它作为驱鬼避邪之物。北魏贾思勰编写的《齐民要术》中说："正月旦取杨柳枝着户上，百鬼不入家。"

北方有用柳木刀剑悬于门上，以驱凶邪的风俗。江南一带，则在寒食节折柳插门避邪。随着科学的发展进步，这些风俗已逐渐破掉。

柳是我国的主要树种，不论城市农村，到处可以看见她的身影。愿柳把祖国装点得更加美好。

印象紫竹院

北京以花草树木命名的公园并不多，以竹子为名的园子只有一个，那就是紫竹院公园。

紫竹院，一个听起来是那么幽雅淑静，有文气，有韵味的园子。我想很多人正是慕其名觅其韵而走进这个园子的。

我对紫竹院不但熟悉，而且还有很深的感情。

时光倒回去四十年，十七八岁的我，在西郊八里庄的一个木制品厂当工人。工厂离紫竹院很近。

那会儿的紫竹院，几乎是一个荒废的园子。记忆中的园子，有个水面很大的湖，有不少沧桑的老树，还有一个颓败的古塔，此外，几乎没什么景观。

当然进园也不要门票，骑着自行车可以在园子里自由穿行。

那时的北京城没有现在这么大，紫竹院的位置算是郊区了，周边没有高楼大厦，举目四望尽是菜地，园子北边的长河也没有疏浚，平时游人稀少，异常冷清。

不过，这里的深幽宁静，倒也让人能觅得一些野趣。那时，我之所以常去这个园子，不是因为它的景致诱人，而是它的荒芜和静谧。

园子里那个湖，确有几分原生态，春秋季节，气候和暖，宽阔的水面湛蓝透绿，站在湖边，能看到远处的西山，夕阳西下，把最后一抹余晖洒在湖面上，像是镀上了一层金色，波光粼粼，微风轻轻摇曳着岸边的垂柳和稀疏的芦苇，婆娑作响，有如跟我絮语。

身边没有一个人，四周俱寂，甚至没有了鸟鸣。都市的喧嚣和世间的嘈杂，突然之间消失了。暮色之中，烦躁的心一下沉静下来，枯寂的心灵仿佛被这里的安宁过滤了。什么烦恼忧愁都离我远去，我的心神似乎和这个园子融为一体。

多少次，这个园子陪我度过苦闷和寂寞的时光，给我驱散了心头的阴霾。

二

这也许是园子的荒凉带给我的心灵写意。一个园子的兴衰，让我体会到世态的炎凉，当我呼吸着园里寂寞的空气时，我禁不住的遐想，几十年以后的紫竹院会是什么样？

哦，那时的紫竹院真像是一个被遗弃的老妪，又像是一个被冷落的少女，孤独寂寞，羞羞答答地躲在都城的角落里，期盼着得宠的那一天，期待着出头之日。这似乎也是我那时的心境。

对紫竹院的情有独钟，让我忽略了许多应该关注的事情。

我似乎把它视为我的青春期心灵的栖息地，或者说是我的人生长河中，精神航船曾经停泊的一个港湾。

突然有一天，当有人在我的印象深井投进一颗石子，我的沉梦一下惊醒了。

我有个朋友是画家。他是在四川老家长大的，特别喜欢竹子，也擅长画竹。

一天，他送给我一幅名叫《竹风》的画，我细细品味，确有几分郑板桥的遗韵。于是，我们聊起了竹子，他给我讲了许多有关竹子的故事，还饶有兴味地背诵了几首写竹子的古诗。

其实，大凡有文化的人都对竹子情有独钟，梅兰竹菊，被中国古代文人誉为"四君子"。竹子中通外直，虚心劲节，四季常青，宁折不弯，高风亮节，清淡高雅，质朴淳厚，文静典雅，一尘不染，古人的这些赞美之词集中于竹子身上，可见其品格的高尚。

还是儿时，我便会背苏东坡写竹的诗："宁可食无肉，不可居无竹。无肉令人瘦，无竹令人俗。人瘦尚可肥，士俗不可医。"

谁也不甘当不可医的俗人，可是竹子跟桔子一样，它产自南国，对于北方人来说，别说居有竹，就是城有竹，都是一种奢望。

朋友说竹，我也只有听的份儿。但是，朋友聊到最后，突然问我："北京有个紫竹院，你去过吗？"

噢，他真是问到点上了：这个园子我真是太熟了！

"紫竹院，那里一定有竹子吧？"朋友笑道。

啊！我猛然有一种中枪的感觉，脑海里划过一道电光：紫竹院，哎哟，去了不知多少次的园子，我怎么偏偏会忽略了它的名字呢?

紫竹院有没有竹子?我一时也答不上来了。

"我陪你去看看吧。"情急之中,我灵机一动,想到了这个主意。

三

三月的北京,春风和煦,紫竹院的树绿了,湖水蓝了,小草也被春风吹醒,忍不住探出脑袋张望。

在这种春的气息中,我和我的画家朋友在园子里觅竹,遗憾的是我们找遍了整个园子,也没有发现竹子的影子。

朋友怅惘地说:为什么叫紫竹院?也许是一个传说吧。北方不会有竹子呀。

因为我们确实没有看到竹子,怕他更扫兴,我不想跟他争辩,只好认同了他的观点。

是的,竹子产自江南,在北方已经是妇孺皆知的常识。这位"君子"再有傲骨,到了北方的土地上也要"尽折腰"。

那么紫竹院的名字是怎么来的呢?原来紫竹院最早是座古刹,叫紫竹禅院,始建于明代,是京西大庙万寿寺的下院。

乾隆皇帝的母亲钮祜禄氏信佛,乾隆为了孝敬母亲,在庙内供奉一尊观音菩萨像,并将此庙赐名紫竹禅院。

与此同时,乾隆爷还在庙的西侧建了一座行宫,作为他陪母亲去万寿寺和游苏州街的驻跸之所。当年行宫的大门高悬乾隆御笔"福荫紫竹院"。

我想,紫竹院的名字就是这么来的。

为什么叫紫竹禅院呢？原来清代的万寿寺一带是个热闹的地界，万寿寺的西边有条苏州街，街的南口有个叫杏花村的苏式酒楼。人们在楼的对面挖河堆阜，形成了一片河滩，河边栽种了许多芦苇，并取了个好听的名儿："芦花渡"。

这种芦苇是紫秆，俗称"铁秆梨"，每到秋天，成片的紫色芦苇在劲风中晃动着身姿，远远望去像是紫竹在摇曳，颇有江南水乡的意境，于是文人墨客便将它称为"紫竹"。

我的那个画家朋友的想象力并没错，敢情这个"紫竹"还真是带引号的。

四

据说当年乾隆爷对"紫竹"产生过疑惑。内务府的官员心领神会，叫紫竹禅院，不能没有真正的紫竹呀！于是专门派宫里的花把式到江南移植紫竹。

花把式下了几年的工夫，在禅院栽了许多竹子，"数茎幽玉色，晓夕翠烟分"。

乾隆的母亲看了喜笑颜开，乾隆爷一高兴，重赏了花把式。

谁知这些"竦影纱窗外，清音玉瑟中"的翠竹，第二年开春便根枯叶黄，在北方的风沙中渐渐凋零了。

于是乎，可爱的紫芦苇依然无可奈何地扮演着"紫竹"的角色，冒名顶替地存活到 20 世纪 60 年代。

沧海桑田，昨是今非，到我逛紫竹院的时候，园子里连紫芦苇也看不到了，只留下"紫竹"的虚名，当年皇上给他妈修的紫竹禅院和行宫也早就没了踪影。

五

"紫竹院不能没有竹子呀！"据紫竹院现在的园长曹振起对我介绍，这是当年北京的一位老市长，在逛紫竹院时发出的感慨。

当然，这句话也表达了北京人的心愿。要知道，北京以竹子为名的公园，只有紫竹院呀！

大概在 1981 年前后，紫竹院的园艺师们分成几个组，从南方引进竹苗，试着在园子里栽植，经过几年的努力，竹子终于在北京移植成功。

这在当时的园林界，是件非常了不起的事，在国内外的植物界也引起了轰动，当然，这也是北京人的造化，从此，北京人只能在画里赏竹的遗憾便成了历史。

随着紫竹的实至名归，紫竹院也发生了巨大变化，园子被北京市园林部门列为重点"培养对象"。

政府投巨资对公园进行了整体改造，疏浚河道，挖湖堆山，叠石修亭，岸设水榭，庭置曲廊，广种花草，遍植树木，使园子景观别致，景中有景，楼外有楼。既有自然天成的山林野趣，又有皇家园林的雅致神韵。

紫竹院的旧貌换新颜，我是从报纸和电视的新闻报道看到的。那时，我早已调动了工作，工作单位和住家离紫竹院很远，平时忙于写作，一晃儿，有近二十年没有进过这个园子了。

六

2016 年的仲秋时节，当时紫竹院的曹园长邀我和几个作家朋友到园子做客，我终于有了机会走进紫竹院，一睹我的这位"老朋友"的芳容。

哦，这是我记忆中的紫竹院吗？入园举目：绿草如茵，树木繁茂，鸟语花香，湖水澄清，丛丛竹林，含青吐翠。

我简直不敢相信自己的眼睛了。如果把二十多年前的紫竹院，比喻为"养在深闺人未识"的羞涩少女，那么现在的紫竹院，就如同"天生丽质难自弃"的娇美宠妃了。

感觉园子大了几倍。听曹园长介绍，现在的紫竹院占地面积有 45.3 顷，水面达到了 15 顷。哦，好大的一个园子！

让我诧异的是环境这么优雅的公园，居然不收门票。曹园长告诉我，在市属的公园中，紫竹院是 4A 级景区，也是唯一不收门票的园子。

自然，我最关心的还是竹子。曹园长听我讲完三十多年前跟画家进园觅竹的故事后，特意陪我在竹林走了一圈。

天气有些阴沉，竹子枝繁叶茂，竹林里笼罩着的雾气，氤氲弥漫，像是给竹林披上了薄薄的轻纱，空气里散发着竹子吐出的淡淡幽香，那是一种非常奇妙的特殊清香。

我突然想起唐朝一位和尚写的诗："移去群花种此君，满庭寒翠更无尘。暑天闲绕烦襟尽，犹有清风借四邻。"

曹园长告我，紫竹院的竹林有的已经培植近二十年了，现在确实能遮天蔽日，人们走在竹林里，下雨都不用打伞。

是呀，置身于竹林，"客来不用呼清风，此处挂冠凉自足"。这种感觉我体会到了。

如今的紫竹院，已经是以竹子为主题的公园了。我查了一下资料，目前全世界的竹子有1300多种，我国有竹子500多种。

曹园长告诉我，紫竹院栽种的竹子，除了紫竹，还有120多种，竹子越种越多。眼下，约有百万株，是名副其实的华北第一竹园。

紫竹院还加入了国际竹藤组织，各国竹子的研究者到中国北方观竹赏竹，必到紫竹院。除了竹子，园内还有盆栽的竹子盆景，用竹子搭建的茶楼，此外，还有一个以竹子做的乐器为主的竹乐团。

园子里到处都有普及竹子知识的牌子。公园提出了"十竹"的倡议。所谓"十竹"，即知竹、爱竹、养竹、护竹、听竹、颂竹、写竹、画竹、食竹、用竹。

啊，他们真是把竹子琢磨到家了。

七

五十出头的曹园长，在北京的公园工作了近三十年，算是"老园林"了。

他兴致勃勃地带着我和几个作家，参观了刚刚复建完工的"福荫紫竹院"和行宫。行宫院栽种了不少紫竹。

望着这些新竹，蓦然想起白居易的一首诗："勿言根未固，勿言荫未成。已觉庭宇内，稍稍有余清。最爱近窗卧，秋风枝有声。"

　　如果乾隆起死回生，看到这些真正的紫竹，这位爷该作何感慨呢？保不齐他会诗兴大发，一不留神整出十首八首来。

　　站在当年紫竹禅院的高高台阶上，遥望远处濛濛之中的竹林，情不自禁地想起了我的那个画家朋友。

　　此时此刻，假如他站在我的身边该多好呀。可惜，他十多年前便移居加拿大，我们也有好多年不见了。他现在已是小有名气的职业画家了。

　　也许他不会忘记当年我们在紫竹院觅竹的往事吧？

　　想到这儿，我不由自主地拿起手机，嚓嚓，一连拍了十多张竹子的照片，最后我也"进了"镜头。

　　夜幕降临，走出紫竹院，我的脑子还在想，该用哪种方式把手机里的"竹子"，发给我的那个画家朋友呢？

秋色香山赏红叶

北京的一年四季，以秋天的景色最为怡人。在北京赏红叶和黄叶（银杏），不但是视觉上的一种享受，也是身心的一种愉悦，现在这已经成为闻名中外的景观了。

其实秋天赏红叶，早在辽、金时代，就是京城的一道诱人遐思的景观。

当然，那会儿观赏秋景，主要还是有闲情逸致的文人墨客的雅兴，并没有像现在似的，成了北京人秋天必不可少的"精神大餐"和民俗活动。

古代的北京红叶，主要是以枫树的叶子为主，金代的诗人周昂在《香山》里写道："山林朝市两茫然，红叶黄花自一川。野水趁人如有约，长松阅世不知年。"（摘自清·孙承泽《天府广记》）

当时的文人已经在秋天里，与友人相约到香山看红叶，并把黄色的银杏树，也作为一道景观了。

明代的北京人秋天赏红叶，主要是到香山。明代文人刘侗在《香山寺来青轩》中写道："十里香红一道泉，约同闲伴入春烟。鸟呼耕凿民畿甸，钟报晨昏僧祝延。独翠封山谟万壑，

来青经野救诸天。郊能丹碧人能暇，休养熙游不偶然。"（摘自明·刘侗《帝京景物略》）

诗人与朋友相约到香山赏红叶，感叹"郊能丹碧人能暇"，大自然给我们带来的丹碧之色，我们能有闲暇到此欣赏，这应当是人生最为惬意的事了。

香山，因最高峰有石似香炉而得名，据明代王衡记载：香山最早叫杏花山，"杏树可十万株，此香山之第一胜处也。"

明代诗人徐贯在《游香山偶成》写道："一派峰峦侵碧汉，独尊凡宇出红尘。岭松月挂上方晓，山杏花飞下界春。"（摘自明·刘侗《帝京景物略》）

香山森林覆盖率达96%，除杏树外，还有多种树木，其中一二级古树达5800多棵，占北京近郊古树总数的四分之一。但在众多的树种中，最有名的就是五角枫和黄栌的叶子，在深秋所形成的红叶了。

明代的诗人叶仑在《秋游香山寺》中写道："秋老香山路，高深霜叶迟，日窥林内暝，泉涤石中奇。"于奕正在《来青轩》诗中写道："四山秋色重王言，青翠巍巍捧一轩。叶渐有声霜待老，僧能无语梵应尊。"周之茂在《香山寺》诗中写得更加详细："老树引年三代色，危岩亏日四时寒。登临不尽寻幽意，寻去无愁石路难。"（以上摘自明·刘侗《帝京景物略》）

在诗人的笔下，香山的红叶会给人带来无限的遐思。风动红叶使秋天的山色，成为有声的画卷，的确令人神往。

明清以前的北京人秋天赏红叶，地点比较单一，除了西山，尤其是香山，没有别的地方。现在的香山公园，在清代，还是皇家园林"三山五园"之一的静宜园，一般老百姓是进不

去的，但西山的寺庙比较多，静宜园南面的香山寺是开放的。

在清代人写的《帝京岁时纪胜》中，记载当时北京人赏红叶时，称其为"辞青"：秋日，"都人结伴呼从，于西山一带看红叶……谓之辞青。"可见到了清末，秋天登高望远，观赏红叶已经成为民俗。

当时，北京人观赏红叶的方式以结伴进山，相约住寺为主。因为当时的交通不便，从北京的内城到香山坐骡车要多半天。

那会儿的香山没旅馆、饭店，所以为赏西山红叶，一般要在寺庙住几天，这样正好可以观赏到早、中、晚几个时辰的秋景。这些，我们从明清文人留下的大量诗作当中可以体会到。

秋天西山赏红叶到了民国初年，在文人墨客的渲染下，渐渐成为北京秋天的一道景观，赏红叶的习俗一直延续到现在。

1966年秋，陈毅元帅在报纸上发表了《题西山红叶》这首诗。

全诗如下：

西山红叶好，霜重色愈浓。

革命亦如此，斗争见英雄。

红叶遍西山，红于二月花。

四围有青绿，抗暴共一家。

红叶布山隅，中右色朦胧。

左岸顶西风，欢呼彻底红。

伸手摘红叶，我取红透底。

浅红与灰红，弃之我不取。

书中夹红叶，红叶颜色好。

请君隔年看，真红不枯槁。

红叶落尘埃，莫谓红绝矣。

明春花再发，万红与千紫。

题诗红叶上，为颂革命红。

革命红满天，吓死可怜虫。

这首诗不但写出了红叶的特性，而且将它的红色喻为"革命"的象征，所以深受当时年轻人的喜爱，从而引发了北京的年轻人秋天赏红叶的高潮。

我正是从那时起，每年的深秋，与年轻的伙伴一起，骑车去香山看红叶的。

记得当时的漫山遍野的红叶，游人还可以随便摘，年轻人像《题西山红叶》诗中所说："伸手摘红叶，我取红透底。"摘了红叶夹到书里，继续欣赏或送给朋友。

"请君隔年看，真红不枯槁。"那会儿，红叶还成了年轻人的定情物。

到 20 世纪 70 年代末，北京人秋天到香山看红叶，不仅是呼朋唤友，而是举家前往了。看红叶的真是人山人海。

当时北京，还是"自行车王国"，我和同伴骑车到香山赏红叶，在公园门口都找不到停自行车的地方，只好把车停在植物园门口，再徒步上山。

香山公园为了满足人们秋天赏红叶的眼福，从 1989 年开始到现在，每年都举办以观红叶为主题的红叶文化节。

以前北京人秋天观赏红叶，主要是五角枫和黄栌，从 20 世纪 80 年代开始，不但扩大了这两种树的种植面积，而且增加了三角松、元宝枫、鸡爪槭、火炬等有红叶的树种。

青山翠绿与秋季的红色相映衬，使绵延不断的西山层林尽染，呈现出红黄绿三色，这种壮美景观是老北京人难以想象的。

让老北京人更加意想不到的是，现在北京人秋天赏红叶除了香山，在北京北部、东部的山区也出现了大面积的红叶观赏区，目前京城已有红螺寺、金海湖、慕田峪、上方山森林公园、百望山、百花山、灵山、密云水库周边、京张公路、怀丰公路等十多处观赏红叶的地界。

望着这色彩艳丽，层次分明，绚烂如霞的景色，人们会浮想联翩，感叹一年四季，北京最美的景观还是在秋天。

昧喝蛤蟆骨朵

　　北京的夏天比较漫长，而且酷热难挨，所以有苦夏之说。您也许难以想象，老北京人为了让孩子平安度过这个夏天，要在春夏之交的四五月份（农历三月），让孩子喝几个蛤蟆骨朵。

　　蛤蟆骨朵，也可以写成蛤蟆咕哚，或蛤蟆咕嘟。什么叫蛤蟆骨朵呢？简单说就是青蛙的"孩子"小蝌蚪。

　　蛤蟆甩子，也就是产卵后，大概要在开春的四五月份变成蝌蚪。蝌蚪黑黑的大头，留着小小的尾巴，在河边成群结队地游动，煞是好看，让人瞧着，便会联想到花的骨朵，所以，老北京人给它起了一个好听的名儿：蛤蟆骨朵。

　　蛤蟆骨朵应该算青蛙的青春期。蛤蟆从骨朵变成会叫的青蛙，前后也就是一个多月的时间，而被称为好看的骨朵，大概只有二十多天。

　　这之后，蝌蚪的发育奇快，那黑黑的小尾巴很快就越来越小，似乎在您眨眼愣神儿的工夫，那小尾巴就变没了，转眼之间，长尾巴地方变出来两条腿，那腿越长越大，成了青蛙的肢体。这种奇妙的变化像北京的春天，转瞬即逝。大地变绿，脱了冬装，和煦的春风在您脸上摩挲，刚感觉舒服，您还没来得及感受春意，已经是烈日当空的夏天了。

这么看来，处于青春期的蛤蟆骨朵还是挺难得的。

蛤蟆骨朵长大了就是青蛙。青蛙也叫田鸡，为什么叫田鸡呢？因为过去河边、稻田，只要有河有水洼的地方，都能听到蛤蟆的叫声，而且这小东西繁殖能力超强，一甩子，几十条甚至上百条蝌蚪。

在老北京人眼里，蛤蟆并不是值钱的小活物。正因为如此，它也成了北京人餐桌上常见的一道菜，我小时候，常见街头小贩叫卖炸田鸡腿，一些饭馆也有这道下酒菜。那会儿的田鸡是纯野生的，到河边洼地捉有的是。

田鸡必须吃活的，现捉现吃。田鸡主要是吃它的两条大腿，肉很鲜嫩，但并不香，所以吃的时候，得要蘸椒盐。

现在看吃田鸡腿有些奢侈，而且也有破坏生态平衡和不保护野生动物之嫌。但那会儿，青蛙实在是寻常之物。我小的时候，城墙还没拆，护城河还在，每到春夏，我经常和胡同里的孩子，到护城河边捉青蛙玩儿。

其实，胡同里的很多人是忌讳吃田鸡的，包括我姥姥。她不吃，倒不是因为慈悲，不杀生，而是觉得田鸡长得忒难看，也没什么吃头儿。

我们家是姥姥主内，她不喜欢吃这东西，别人也就跟着嫌弃了。所以，我每次捉回田鸡来都送了人，后来干脆就不捉了。

大约20世纪70年代末，随着城市化的发展，住胡同里的人突然发觉晚上睡觉，听不着青蛙叫了。于是有人写文章呼吁保护青蛙。也正是从那时起，野生的田鸡逐渐在北京人的餐桌上消失。

到了20世纪90年代，广东的粤菜在京城餐饮界大出风头，粤菜里有一道"红烧牛蛙"，京城的"吃货"们从这道菜，找到了消失已久的田鸡口感。不过牛蛙是人工养殖，已经不是野生的了。

跟青蛙比起来，蛤蟆骨朵的生命力似乎更强，那会儿，每到农历的三月，在城里城外的大小河流中，都能看到它们的身影。老北京有一种风俗，每到这个季节，便让家里的小孩儿喝几个蛤蟆骨朵。

老人们说，北京的春夏之交风多，气候干燥，小孩儿容易上火，而且这会儿也是各种瘟病的流行高峰期，喝蛤蟆骨朵，能清热解毒，让孩子顺顺当当躲过各种瘟病。

我的姥姥对此深信不疑，所以，每到农历的谷雨前后，总要让蛤蟆骨朵到我的肠胃里溜达一趟。我八九岁之前，喝蛤蟆骨朵都是花钱买。

那会儿，每到春夏之交，总会有郊区的农民或是卖鱼虫儿的小贩，走街串巷卖蛤蟆骨朵。卖鱼虫儿的卖蛤蟆骨朵，属于搂草打兔子，捎带手。农民卖蛤蟆骨朵，也属于临时抓挠俩活钱。

好在那会儿北京还没有"城管"，这种走街串巷的小买卖没人管。不过，蛤蟆骨朵的蜕变期非常短，所以没人指着靠卖它吃饭。

卖蛤蟆骨朵的一般是推着单轱辘的小车，车上是个大木桶。桶里的水必须是河水，可谓原汁原味儿，因为蛤蟆骨朵只认原本生存的河水，换了别的水很快就死。小贩在桶边儿单预备一个小碗儿。也有挑着水桶的，小碗直接放在水桶里。

称他们是小贩，是因为这种生意实在太小了，而不是指他们的岁数小。通常卖蛤蟆骨朵的以五六十岁的老人居多，也许是年轻人不稀罕这种小买卖吧。

小贩边走边吆喝："蛤蟆——骨朵——""骨朵"俩字轻轻往上扬，尾音变调，非常好听。

胡同里的老人听到吆喝声，便拉着孩子出门，把卖蛤蟆骨朵的喊住。通常花五分钱就能买一碗蛤蟆骨朵。一碗里大概有十来只。

小贩用小碗儿在桶里直接舀出来，小孩儿拿起碗直接喝，喝的时候不能看着碗，因为那小生灵还在碗里游动，看着会不忍心喝。一般是拿起碗，一仰脖直接就把这碗蛤蟆骨朵，连汤带水吞进肚子里。

也有的买回去放一放，沉淀一会儿，但一般不超过俩小时，怕水不新鲜，蛤蟆骨朵会死。听我姥姥说，喝死蛤蟆骨朵会中毒的。

常来我们这条胡同卖蛤蟆骨朵的是一个六七十岁老头儿，长得又瘦又矮，花白头发，胡子拉碴，眼眶子上趴着眵目糊（眼屎），一副没睡醒的样子，说话的语调低沉，挑着两个木头水桶，走道儿颤颤巍巍的。

但是这么一个瘦弱的老人，吆喝起来，声音却很豁亮悠长。我总觉得那声音，不是从他嗓子眼里发出来的。

他跟我姥姥似乎很熟，每年春天，他准来我们这条胡同卖蛤蟆骨朵。我姥姥听到他的吆喝声，便会忙不迭地拉着我出门，必定要买碗蛤蟆骨朵让我喝，然后塞给老人一把钱，也不

数是多少。我觉得有几毛或者有一块多钱。

我常常纳闷儿，明明老头儿说五分钱一碗，姥姥为什么要给他那么多呢？

有一次，老头儿快到吃晚饭的时候，才挑着桶过来。他不停地说着抱歉的话，从桶里舀了一碗蛤蟆骨朵。姥姥低头看了看，没让我直接喝，却让我回家拿来一个碗，倒在里面说："回去再喝吧。"然后给了老头儿一把钱，劝他早点儿回家。

我们回到家，姥姥把那碗蛤蟆骨朵给倒了。原来碗里的蛤蟆骨朵是死的。

"唉，他真是老眼昏花了。"姥姥叹息道。

这是我最后一次见到这老头儿。转过年的春天，他没来。又过了一年，他还没来。

我问姥姥。姥姥低声说："他死了。"

原来我最后一次见到他时，他已经得了绝症，而且家里还有一个瘫在床上的老伴儿。

"你们认识吗？"我问姥姥。

她苦笑了一下说："八竿子打不着。我也是听人说的。"

京城卖蛤蟆骨朵的不止这一个老头儿，但我总觉得别人卖的，不如那个老头儿的新鲜。

姥姥好像也是这种心理，所以，自从那个老头儿去世后，姥姥就让我自己去护城河去捞。捞回家以后，她要亲自看着我喝，这样才放心。

也许是自己长大了，也许是那个老头儿的原因，记得我上小学三年级的那年春天，姥姥从别的小贩那儿买了一碗蛤蟆骨朵，让我喝了。

不知动了哪根神经，那蛤蟆骨朵喝进肚后，我只觉得它们在我的肚子里不停地游动，感觉自己的肚子是条小河，那天晚饭喝了一碗菠菜汤，我觉得那菠菜像是河里的水草。

越这么想，肚子里的"河"闹得越凶，临睡觉之前，"河"流到了我的嗓子眼儿，我恶心得吐了，好像要把"河"里的蛤蟆骨朵吐出来。吐得我昏天黑地，夜里还拉了稀。

第二天一早，母亲带我去了医院。打针吃药，在床上躺了两三天才缓过来，但蛤蟆骨朵好长时间才在我的脑海里消失。从那儿起，我再也不敢喝蛤蟆骨朵了。

多年以后，我到江南采访，发现那地方也有春天让孩子喝蛤蟆骨朵的习俗。当地人说：喝这个能清热解毒，治热毒疮肿。

后来，我查了《本草纲目》，上面确有这样的描述："蝌蚪生水中，蛤蟆青蛙之子也，状如河豚，头圆，身上青黑色，始出有尾无足，稍大则足生尾脱。俗三月三，皆取小蝌蚪以水吞之，云不生疮，亦解毒治疮之意也。"

这个习俗流传了多少年，不得而知。但时过境迁，随着人们的医学知识的普及和环保意识的提高，现在这个习俗基本上已经破除了。

我询问过当医生的朋友。他告诉我蛤蟆骨朵有很多寄生虫，加上现在许多河水有污染，喝到肚子里会引起多种疾病。

谢天谢地，我小时候北京的护城河还没有污染。否则的话，保不齐蛤蟆骨朵真会把我带到"河"里去呢。

岁月留痕小人书

一

　　小人儿书，也就是连环画，因为书里画的都是"小人儿"，所以北京人管它叫小人儿书。其实，所谓"小人儿"就是画儿，所以，上海人直接把它叫"图画书"。

　　当然，北京人叫小人儿书，还有另外的意思，即书是给小人儿看的。小人儿就是小孩儿。

　　正因为如此，广东和广西人干脆把它叫作"公仔书"，仔，就是小孩儿；湖北人则叫它"伢伢书"。伢，也是小孩儿，显然这种认同感是一致的。浙江人看重它的普及性，戏称它是"菩萨书"。

　　众所周知，小人儿书的学名叫连环画。"连环画"的这种说法，最早出现在1925年。

　　当时，上海世界书局出版了古典文学《西游记》等画册，在书的广告宣传上，印有："连环画是世界书局所首创"。

　　这套画册发行量很大，它这一"首创"，还真叫开了。从此，小人儿书就开始叫连环画了，但北京人还很难改口儿，依然叫它小人儿书。

二

对于小人儿书，我想五十岁以上的人，都会留有深刻的印象，因为这茬人的孩提时代，主要读物就是小人儿书。

那会儿，我们这些学龄前儿童，管大人看的书，叫"字书"。在念初中之前，孩子看"字书"，有些字不认识，内容也深奥，所以以画儿为主的小人儿书，便成了孩子们的精神食粮，甚至还可以说是孩子们的良师益友。

我小的时候，北京的大部分家庭还没有能"出影儿的"，电视机还在科学家的脑子里。至于说电脑、手机，更不知道在哪个犄角旮旯猫着呢。

不过，那会儿一般家庭有"出声的"，即有线收音机。北京人也管它叫"话匣子"。

但那会儿的"话匣子"也是大人的"专利"，因为"匣子"里除了广播电台的"小喇叭"节目外，几乎没有适合小孩听的内容。

所以，平时能让孩子们养眼的课外读物，唯有这小人儿书了。

那会儿的小人儿书真是五花八门，内容丰富多彩：历史故事、童话故事、神话传说、中外名著、科普知识等等，真是应有尽有。

在我的印象里，当时的小人儿书出版的速度奇快，比如英雄王杰的事迹，刚在报纸电台宣传，小人儿书很快就出来了，前后差不了十天。

还有就是电影版的小人儿书出版得特给力。一部新电影刚刚在电影院上映，紧跟着就有电影版的小人儿书了。

电影版的小人书刚看完，绘画版的小人书又出来了。干脆说吧，当时的小人儿书品种之多，简直让我们这些学龄前儿童目不暇接。

当然，最让我们这些孩子感兴趣的是，中外古典文学名著。比如《三国演义》《水浒传》《西游记》《红楼梦》《杨家将》《说岳全传》《聊斋》《三侠五义》等等。

原著比较厚，而且我们小学生对原著里的一些字也不认识，所以都是先看的小人儿书，等念的书多了，长了知识，才返回头找原著看。

不知道别人，反正古典文学的"四大名著"，我是先看了小人儿书之后，才看的原著。

三

胡同里的孩子之所以对古典章回小说的小人书感兴趣，一是这类小说故事性强，内容吸引人；二是跟胡同里的孩子玩的洋画儿有关。

我小时候，孩子们玩的玩具很少，男孩儿最喜欢玩的是拍洋画儿、拍三角儿和弹球。三角儿是用烟盒叠的；洋画儿最早是香烟盒里装的小画片儿。

民国以后，烟草公司出于竞争，在香烟盒里配上画片，比如《水浒传》里的一百单八将，每盒烟里放一张，凑齐了可以获奖。以此来招人买某个牌子的烟。

这些画片儿印得很精致，于是成了孩子们的玩艺儿。后来有些商家干脆直接印整版的画片儿，比如一百单八将印成十张。孩子们买回家自己剪成单人的再玩。

拍洋画儿玩法特简单：把洋画儿反着放在地上，用手直接拍，拍成正面儿就算赢。

这些洋画儿后来主要是古典小说里的人物，比如《三国演义》《水浒传》《西游记》等等。

当然，孩子们光玩还不过瘾，总想知道一些故事情节，这些故事小人儿书里都有，于是玩洋画儿的同时，小人儿书就成了吸引孩子们的读物。

同样的道理，这些古典小说的小人书也是成套的，比如《三国演义》有七八十集，孩子看了第一集，自然就想看第二集，看了前头，当然就想知道后头的事儿。

好像有根线拴着你，让你不看心痒难耐。这大概就是小人儿书吸引孩子的原因。

四

小人儿书好看，但那会儿胡同里很多家庭的孩子不买小人儿书，这倒不是因为小人儿书的价格贵，主要是因为小人书的品种太多，买不过来。此外有些小人儿书卖得快，上市没几天就买不到了。

当然，当时也有的家庭买不起小人儿书。其实一本小人儿书，在那会儿也就是一两毛钱。薄一点儿的，只有几分钱。

但生活困难的人家，一分钱要掰两半花，打二分钱醋还得算计算计呢，怎么舍得掏钱给孩子买小人儿书？

正因为如此，当时诞生了一个行当：专门租小人书的"小人儿书店"。

我小的时候，这种书店在北京的胡同里遍撒芝麻盐儿（非常多），远点儿的胡同我不清楚，我小时候生活的辟才胡同周边就有五家。

印象最深的是辟才胡同西口路南的那家，还有广宁伯街东口鸭子庙路西的那家。这是我小时候常去的"小人儿书店"。

小人儿书店的门脸都不大，有的甚至只有十多平方米的小单间儿。但书的品种相对比较全。租书分为两种方式，一种是现场租阅，另一种是拿回家看，可以过夜，但一般不超过两天。超过了就加倍缴钱。

胡同里的孩子通常是现场看。交两毛钱（没有一定之规）作为押金，然后就可以选择你要看的书，一般租一本书是二分钱。

现场看，按规定不超过 45 分钟，一节课的时间。租回家看，一天是 5 分钱，这对我们这些小屁孩儿来说，就比较奢侈了。

记得上小学的时候，兜里有几分钱挺难的。夏天，到玉渊潭和什刹海游泳，离我们家有十几站地，但舍不得花五分钱坐车，那钱要攒着，回头租小人儿书看。

每天放了学，我便跟几个发小儿奔小人儿书店。书店没有看书的地方，把书租下来，我们便在附近找个有树荫凉儿的地方，或干脆就坐马路牙子上看。

为什么要和几个发小儿一起去呢？原来这是我们耍的小鸡贼，因为花二分钱租一本，但一本书十多分钟我们就能看完，这样这本书相互之间可以轮着看，也就是说，二分钱可以看三四本小人儿书。

五

记得鸭子庙的那家小人儿书店是父女俩经营，父亲那会儿有五十多岁，女儿有二十多岁。女儿有工作，下了班帮父亲照料这个书店。

印象中，爷儿俩特喜欢小孩儿，每次到他们那儿租书，他们都面带微笑地热情打招呼。

我们这些孩子耍小心眼儿，憋着少花钱多看几本书，但又怕这爷俩看出来，所以每次租书，我们都前后脚差几分钟来。

我们自以为这爷俩没看出来呢，一直自鸣得意，直到小人儿书店关张多年，我偶然在街上见到那个老爷子的女儿，回忆起这些往事，她才说出真相。

那会儿，我们这些孩子太天真了，人家大人能连这点儿小伎俩都看不出来吗？

但看出来，爷儿俩都没露，说明那会儿的北京人是多么厚道。

的确，到他们这儿租小儿书的，有几个是有钱人家的孩子？

"爱看书是好孩子！"当时那位老人见了我，常说这句话。

有一次，我兜里揣的五分钱找不着了。租看了两本书，掏不出钱来，当时的尴尬可想而知。

老爷子笑道："下次来再说吧。"

我像犯了多大的错儿，耷拉着脑袋说："我是真带着钱，不知怎么就丢了。"

当时，我生怕他们以为我说谎，执意要回去找这五分钱。

正在我急得恨不得掉眼泪的时候，老爷子的女儿拿着五分钱说："五分钱不是在这儿吗？别回去找了！"

一听这话，我顿时破涕为笑。事后才知道，这钱是老爷子女儿自己的。

北京的小人儿书店到"文革"前才陆陆续续关张，到了"文革"也就销声匿迹了。

鸭子庙的那家，好像在此之前一年就关张了。

租书的门脸儿也被砌死，成了山墙。但每次走到那儿，我都情不自禁地想起那爷儿俩。

时过境迁，当年的胡同和小儿书店，早已经变成了马路和高楼大厦，但对小人儿书店，我仍然记忆犹新。

六

小人儿书之所以让孩子们喜欢，除了内容以外，还有一个原因，就是画得好。

那会儿许多的小人儿书，都是名画家画的，换句话说，许多名画家当年都画过小人儿书。

我认识的几个画家范曾、史国良、马海方、晁谷等，在跟他们聊天时得知，年轻时都画过小人儿书。

画小人儿书比较有名的画家有胡若佛、张令涛、董天野等。在连环画界有"南顾北刘"之说。顾是顾炳鑫，刘是刘继卣。此外还有海上"四大名旦""四小名旦"之说。

为什么要说这些呢？原来看小人儿书，只看书，不看别的，看完了也就往桌子底下一扔，不管了。

殊不知，现如今小人儿书已经成了收藏品。全国有几十万人收藏小人儿书。小人儿书的身价，也水涨船高，今非昔比了。

小人儿书收藏也有学问：一看画家；二看版本；三看出版时间；四看印数；五看书的品相；六看书有否名人签名。

名画家如顾炳鑫、刘继卣、王叔晖、严绍唐、徐宏达、颜梅华、贺友直、华三川、戴敦邦、张龟年、钱笑呆、赵宏本等人画的，甭管什么内容都很值钱。

小人儿书的版本分为 64 开和 60 开两种，老版分为 50 开和 48 开，开本越大价值越高。

目前，钱笑呆和赵宏本合作的《孙悟空三打白骨精》，已经卖到两万元人民币。刘继卣的《鸡毛信》拍卖价达到了 10 万元。《三国演义》1957 年的版本，一套已经卖到 20 万元。

每次看到小人儿书，在拍卖市场的新行情，我哭的心都有。要知道酷爱小人书的我，上拍的那些书当年我全有呀！

可是，谁能想到这些不起眼的小人儿书，有朝一日也能成为收藏"贵族"呀？

唉，那些小人儿书全都让我在搬家的时候，当废纸给卖了。不过，我压根儿也没想拿小人儿书发财。

时过境迁，在信息时代，很少有孩子如饥似渴地看小人儿书了。随着收藏热，小人儿书反倒真成了奢侈品。

　　但不管它是什么品，小人儿书都会永远地被我收藏在记忆中。

流年似水看电影

对住胡同的孩子来说，看电影是深深嵌在记忆里的一件快事。是呀，20世纪80年代以前，您如果问胡同里的人有什么文化生活？掰掰手指头，头一样就得数到电影。

电视呢？那会儿胡同里的人，哪儿看电视去？大多数人连电视机什么样都不知道，更别说看电视里的"影儿"了。看电影却如家常便饭。

影像留给人的印象比文字要深得多，看电影是当时孩子们最开心的事儿。

记忆中，当时孩子们看电影的机会特别多，一是电影片子多，那会儿，几乎每个月都有新电影；二是看电影的机会多，除了所在的学校经常组织学生看电影以外，就是孩子们自己买票。当时的电影票非常便宜，尤其是学生票，一张票只有五分，一根奶油冰棍儿的钱。

此外，还有机会得到送票。所谓送票，就是哥哥姐姐或邻居看哪部电影不错，捎带手多买两张，白送给你看。当然，北京人讲究礼尚往来，这次人家给你买了票，下次赶上难买的票，你再多买两张送给他。北京人嘛，看电影都能体现出浓浓的人情味儿来。

那会儿，北京的电影院很多，以我小时候住的西单地区来说吧，周边有十来家电影院，如：西单食品商场东边的红光电影院；西四丁字街的红楼电影院；西四十字路口东北角的胜利电影院；西四羊肉胡同东口的地质礼堂；太平桥大街的政协礼堂；锦什坊街西养马营工人俱乐部；西单十字路口西边的西单剧场、民族宫礼堂；西长安街上的首都电影院等等。

为什么如数家珍呢？我小时候，这些电影院都是我经常光顾的地方。

电影院虽然不少，但硬件却不敢恭维。那会儿的电影院条件都挺简陋的，几乎都是硬板椅，而且那椅子还挺窄，多亏那会儿的胖子少，要是放到现在，许多人坐下去得把椅子撑坏了。

条件不好并不影响看电影的心情，当时的北京孩子还比较规矩，看电影的时候都老老实实，很少有说笑打闹的。

电影院的银幕也很简单，干脆说就是一块大的白布，放映机是单机镜头，一部新电影胶片要十几个电影院轮着放。他们的行话叫"跑片儿""赶点儿"。好在那会儿北京还不堵车，所以"跑片儿"的人误点儿的情况很少。

礼堂的硬件设施要比电影院强多了，但礼堂放电影最初是不对外的，电影票一般也是内部发，直到 20 世纪 80 年代才对外开放。所以，那时能在政协礼堂这样的地方看场电影，会让我们这些胡同里的孩子乐得屁颠屁颠儿的。

北京的许多电影院是解放前的老戏园子改的，有的又放映电影又演戏，比如西单剧场，解放前是哈尔飞戏院，解放后变为"两用"，由于年头长了，硬件设施自然落后。当时京城条件最好的电影院，是西长安街上的首都电影院。

首都电影院最早也是戏园子，它是"四大须生"之一马连良在1937年筹建的新新大戏院。1950年，在周恩来总理的亲自过问下，改成电影院，并亲自定名为首都电影院，由郭沫若题写影院的名字，毛泽东、周恩来等国家领导人都在这儿看过电影。

20世纪60年代，首都电影院进行改造，建成国内第一家宽银幕和光学立体声电影院，当时国内国际的许多电影展，都在首都电影院举办。胡同里的孩子都期望能在这儿看电影，因为同样的电影，在这儿看，跟在其他电影院看的感觉是不一样的。

当然有些立体声电影，一般的电影院也看不了，比如我小的时候，非常火的一部立体电影《魔术师的奇遇》，只能在首都电影院看。

电影院的售票方式平时是等客上门，但也有例外，每到寒暑假，电影院的人便挎着票夹子，走街串巷卖电影票。这在当年也是京城一景儿。

不知道那会儿的教育部门是不是跟电影院有什么协议，反正一到期末考试结束，各个电影院便把整个假期要放映的电影排出来，然后派人串胡同，直接把票送到孩子手上。

等电影院的人上门卖票，是我小时候每到寒暑假特期待的一件事儿。电影院的人一来，我们这些小孩儿便有过节的感觉，因为可以享受电影的盛宴了。

那会儿的电影院也特有意思，一到学生们放假，恨不得把

家底都抖搂出来，每天放映的电影排得满满的。其实有些我们早都看过，但他们照样放映，因为寒暑假的学生票一律5分钱，家长怕孩子放了假疯跑，便想让电影把心给拴住，也不在乎这点钱，更不管孩子看过没看过，电影院的人一来，总要给孩子买一大摞票。

这样一来，许多电影我看了不止一遍，记忆中，《小兵张嘎》至少看了15遍，《地道战》《地雷战》等战争片，看了也有十多遍，有些电影连演员的台词都能背下来了。

小孩儿都喜欢看打仗的电影，20世纪六七十年代，外国的战争片特别多，尤其是苏联和东欧国家的电影，像《夏伯阳》《好兵帅克》《攻克柏林》《列宁在十月》等，我都看过五六遍。

也许是那会儿的文化生活比较单调，有些电影孩子们看过了，也喜欢再看，不厌其烦。特别像《古刹钟声》《秘密图纸》这样逮特务的电影，我至少看了四五遍。

别看一般电影院送票上门，像首都电影院这样的"大电影院"却一直弯不下腰来。那会儿胡同里的孩子们盼星星盼月亮似的，期盼"首都"的人来家门口卖票，但一个又一个假期这种愿望落了空。

有一天，我在院门口玩儿，突然来了两个眉清目秀的阿姨，走到我身旁，问道："你是不是想到首都电影院看电影？"

我仰起头看着她们说："是呀，做梦都想看。"她俩笑着对我说："我们就是'首都'的。"

我兴奋地说："真的！那我叫我妈来，让她给我买电影票。"

她俩对我说："还买什么呀？我们是给你送票的，宽银幕电影，新出的。"

"真的!"我高兴得要跳起来。

只见其中一个阿姨打开票夹,"嚓嚓"给我撕下两张电影票,递给我说:"拿着,别丢了。"

我伸手接了过来,刚要看那票是真是假,突然刮来一阵风,把票吹走了。我扭脸一看,那两个卖票的阿姨也没了踪影。

我急了,只好玩命去追飘走的电影票,追呀追呀,追到一个十字路口,票不见了。我扯着嗓子高喊:"票!我的电影票!"

只觉得身上挨了一巴掌,我在惶恐中睁开了眼睛,原来是一个梦。我妈在旁边数落我说:"瞧你气迷心了不是,连做梦都是电影票。"

这个梦到现在我还记忆犹新。

那会儿的电影虽然对孩子不设禁区,但有关部门,特别是家长对孩子该看什么电影还是有选择的。

记得我上小学的时候,电影《飞刀华》热映,很多孩子看了这部电影后,也模仿电影里的男主人公飞刀华,用铁片磨成飞刀耍着玩,我还背着家里人偷着磨了一把。

您想男孩儿本来就淘气,您再让他配上几把"飞刀",能不出事儿吗?没过多少天,飞刀成了"凶器",京城医院的外科大夫可忙乎上了,有把眼球给扎出来的,有把大腿给捅个窟窿的,有把脑袋给开了瓢儿的,甚至还有个孩子因为飞刀,跟人磕架,要了小命。

飞刀捅的娄子一个接一个,家长们急了,有关部门也急了,电影《飞刀华》被紧急叫停,学校也开始没收"凶器",一场由电影引起的风波才平息。

孩子们的模仿能力超强。尤其是对电影里说话比较葛，有特点的反面角色的台词，看过一部电影，电影里那些坏蛋的对话，往往成了孩子们模仿的对象，像陈述、陈强、葛存壮、刘江等著名演员扮演的角色。

有些电影的精彩台词，甚至让孩子们给"说成"了流行语，如："马尾巴的功能""各村有各村的高招""高，高，实在是高""我胡汉三又回来了""拉兄弟一把""面包会有的"等等。

我参加工作以后，工厂的工会也经常组织职工看电影，电影院还是原来的电影院，电影却不是原来的电影了，经过"文革"，很多原来看过的电影，被打成"毒草"，成了禁片。

"文革"当中，电影院也成了基层大批判的舞台，我曾经在西单剧场和地质礼堂参加过批斗走资派的大会。

到了一九七几年，引进了七八部阿尔巴尼亚、前南斯拉夫等社会主义国家的电影，电影院才恢复其放映电影的本来功能，但我再走进电影院，怎么也找不到儿时看电影的那种新奇的感觉了。

第三辑 有典有故

尽显京味胡同范儿

———

"范儿"，现在已经是人们常用的词儿了，但它绝对是一个老北京话。

什么叫"范儿"？简单说，就是言谈举止表现出来的一种做派和气韵，北京话也叫"派头儿"或"劲头儿"。

北京的孩子常说的一个词儿："你还别跟我劲劲儿的。"就是这个意思。

具体说说吧，"范儿"的本意是样式或样板（法门）。您一定知道"模范""示范""规范"这些词儿，实际上这就是"范儿"的原意。

但北京话里的"范儿"，是从戏曲术语"起范儿"这儿引申而来的。

什么叫"起范儿"呢？起范儿就是演员在舞台上做动作之前的招式，比如一个武打演员要做翻跟头的动作，在翻跟头之前，他要摆摆架势：伸伸胳膊，活动活动腰，转转脖子，扬扬脑袋，挤咕挤咕眼睛等等。这些预备动作，就是"起范儿"。

由于"范儿"没有固定的招式，每个人的功底不同，修行有异，性格分明，做出来的"范儿"也不一样，所以，观众瞅演员"起范儿"是有很大差别的。

有的演员喜欢上台"有样儿"，为了显示自己功夫不俗，要把架势做足，"起范儿"透着那么洒脱利落，张合有致。

有的演员只喜欢踏踏实实演戏，不爱张扬，"起范儿"一切都按师傅教的套路来，平不踏的，并不显山露水。由此，"起范儿"被引申为一种"做派""劲头儿"。

说了归齐，"范儿"是体现某种心路、性格、气质等"形而上"的。

二

其实，"范儿"无所谓大小、高低、贵贱、优劣，它在很多时候是只可意会，难以形容的一种意识。

"范儿"跟"份儿"不一样。记得我小的时候，北京人很少用到"范儿"这个词儿。

那会儿，人们爱说"份儿"。评论一个人怎么样，往往说他"份儿"大"份儿"小。看一个人牛，会说："这小子份儿够大的！"看一个人狂傲，会说："干吗？想拔份儿是吧？"看谁得了第一，会说："瞧他拔了头份。"（注：这个份不带儿化音）

毫无疑问，"份儿"这个词儿脱胎于"身份"，身份的意思人人皆知，自然"份儿"的意思也好理解。

不过，现在"份儿"似乎被"范儿"给取代了，尽管二者的意思是不一样的，但您如今已经很难听到北京人说"份儿"

这个词儿了。

这么一细说，"范儿"这个词儿就不难理解了。问题是胡同怎么会跟"范儿"联系到一起了？胡同也有"范儿"吗？

当然有。您如果明白什么是"范儿"，自然就会知道什么是"胡同范儿"了。

三

20多年前，我在一篇写胡同的文章里说："胡同是北京文化的根儿，四合院是北京文化的魂。"

胡同是个蒙古语，但这个词儿带有明显的京味儿，因为北京人一定会读"胡同儿"，即"胡痛"，而不会读"胡铜"。

胡同这个词产生于元代，北京现存元代的胡同还有几条，有名的如西四的砖塔胡同，到现在有800多年了。

换句话说，老北京人已经在胡同生活了800多年。这800多年积累下的胡同文化，您说有多厚实吧？这么厚实的文化底蕴能没"范儿"？

尽管就某一家族而言，也许他们老家是河北或山东，他爷爷那辈儿才来的北京，但他们来北京后住的是胡同呀！一个人被胡同文化所"浸泡"，甭多喽，十年八年身上就有胡同"范儿"了。

远了不说，30年前，百分之七八十的北京人是住在胡同里的。那时的胡同里高楼很少，当然，胡同是非常安静的，很少能看见外地人。直到20世纪80年代，胡同里来个蓝眼睛的"老外"，人们还会像看大猩猩似的那么新鲜，遭到围观。

当时，外地人来北京要有"公社"（乡）开的介绍信，否则您找个睡觉的地方都难，因为住旅馆一律都要介绍信。

当然，您要是村里来的，在北京会为吃饭发愁，因为当时在饭馆喝碗粥吃个烧饼都要粮票，您说肚子能答应您在北京待吗？

安静带来了安闲和安逸。

胡同的地是土的，但天是蓝的；胡同的墙是灰暗的，但人的心是亮堂的。

那会儿，胡同人的生活并不宽裕，生活起居按现在的标准，连"温饱"都够不上，但胡同人却活得有滋有味儿。

穷，但日子挺滋润。浓浓的人情味儿冲淡了穷日子的苦味；不紧不慢的生活节奏与幽静，让胡同人享受到天子脚下的安闲与自在。

那时，可真是悠悠岁月。

四

胡同是文化的承载者，也是京城历史的见证者。

受过各种政治风云洗礼的胡同人，经历过朝代更迭、时局动荡、城池沦陷、异族侵略、变法维新、翻身解放、改革开放等等变故，眼界自然开放、心胸自然豁达、心态自然淡定、思想自然散漫、性格自然爽快。

皇天后土的胡同人的大气、宽容、厚道、局气，是其他地界的人不能比的。

胡同人向来以自己的语言为骄傲，也自认为是"范儿"的体现。

一口醇厚的京腔京韵，犹如一壶陈年老酒，让人陶醉在语言的韵味里，感受历史的沉淀。

胡同人身上的"范儿"，似乎来自于"胡同基因"，是与生俱来的。

还别说外地人，即便是北京郊区的人，跟胡同里的人坐在一起，不说话看不出来，只要说话，举手投足，言谈之间立刻分明。

胡同人的"范儿"根本不用修饰和夸张。没辙，这种"劲头儿"是娘胎里带出来的。

但这一切，都因为城市的变迁和胡同的拆迁而改写了。

建筑永远是文化的载体。当外来人口大量涌入，城市人口迅速膨胀；当二环路在短短几年扩展到五环、六环；当胡同人赖以生存的胡同（注：并不是全部）化为乌有；当胡同人前后脚地搬到了郊外，胡同的"范儿"还有吗？

城市现代化和网络化的脚步，似乎让胡同文化走到了尽头。

是呀，时代的风雨，能改变岁月的烟云。

我曾做过这样的猜想：假如北京的胡同还是30多年前的模样，生活在网络时代的北京人还住在原来的胡同里，会是什么样儿呢？

不可思议。难以想象。

毕竟京城的胡同已经800多岁了，800多岁的老人走起路来，肯定会步履蹒跚。

历史可以告诉未来，但历史不能代替未来。胡同的封闭性，难以阻挡网络时代的开放性。

五

尽管早在 20 多年前，京城只划定了 30 片胡同文化（历史文化）保护区，其他都可以"拆你没脾气"；尽管南锣鼓巷、什刹海、五道营、大栅栏等老胡同重新恢复以后，已经不是原汁原味儿；尽管您现在走在城区的街道上，找个胡同人打听道儿，比在街上捡煤核儿都难，但胡同的文脉还没断。

地道的胡同人，虽然不住胡同了，但张嘴说话，依然是京腔京韵，举手投足，依然是胡同"范儿"。

犹如北京老少爷儿们喜欢的花鸟鱼虫市场，官园拆了，有潘家园；潘家园拆了，有十里河；十里河 2019 年又要拆，但您放心，很快就会有新的市场出来。

这似乎可用那句古诗来形容，"野火烧不尽，春风吹又生。"没辙，谁让北京人这么喜欢玩呢？

毫无疑问，胡同文化是世界上独有的文化。当然，"胡同范儿"也有其唯一性。

胡同文化已经传承了 800 多年，虽然它很老，但它又是那么年轻。因为它的深厚文化底蕴，让年轻一代总是感到那么新奇。

一座城市，不能没有根；一座历史悠久的城市，不能没有魂。

是的，胡同就是北京这座城市的根儿！所以，树砍了，只要有根，依然有一天会长成参天大树。

如此说来，胡同的"范儿"会消失吗？

难！即便有一天，京城的胡同彻底消失了，但是您放心，"胡同范儿"也会存在，因为北京人不会消失，北京文化的根儿也不会消失。

这就是胡同文化的魅力，换句话说，这就是胡同的"范儿"！

皇城遗风典说玩儿

一

"玩"字，在《现代汉语词典》里有三层意思：一是用不严肃的态度来对待，轻视、戏弄什么事，如玩弄、玩世不恭；二是观赏，如游玩；三是供观赏的东西，如古玩。

其实，在北京土语里"玩"字的意义远比这三层意思丰富。

北京人常把这个"玩"字挂在嘴边儿，到什么地方去，北京人说："到哪儿玩去？"

两个朋友见了面，往往要问："兄弟，最近玩什么呢？"或者是："兄弟，最近在哪儿玩呢？"

这里的"玩"字，是"干什么"的意思。

北京人说干活儿，不说干活儿，叫"玩活儿"。自然，也把干出的活儿，叫玩艺儿。北京人在评价一个事物时，常爱说："这玩艺儿地道！"或者说："这是什么玩艺呀！"

由物及人，北京在褒贬一个人时，也说："他是什么玩艺儿呀！"您瞧，连人也成了"玩艺儿"。

"玩"字，在北京人的语言里，赋予了它极为广泛的含义，甚至它已经成了带有生命力的东西。这多少能反映出北京人的生活态度和性格特征。

上岁数的北京人往往会说："我现在玩不动了。"北京人说到某个人咽气了，往往也说："谁谁玩完了。"

"玩完了"意味着一个人生命的结束，告别人生舞台谢幕了，再也玩不了啦。一个"玩"字，概括了一个人的一生。

由此可知，玩，对于北京人来说是多么重要，它已浸润到北京人的骨血里，作为生命的一个组成部分。

附带说一句，北京话的这个"玩"字，必须加儿化的，念"玩儿"。当然也有例外，如古玩，一般不带儿化音。

二

玩，这个字的意义，对北京人来说，既深奥，又浅显。

说它深奥，是因为北京人不论玩什么，总能玩出道道儿来。这里头的讲儿非常多。

说它浅显，是因为很多玩艺儿谁都能玩，大面儿上看不出有什么深奥之处，比如玩核桃的、玩手串儿的、玩集邮的、玩鸟笼子的、玩自行车的等等。

这些玩艺儿谁都能淘换几样儿，但真让您玩出道儿来，那可就不是一天两天的功夫了，您真得钻进去，琢磨它。

正因为如此，玩，才有品位之分，雅俗之别，也才有玩家和棒槌一说。

玩，是一种文化，或者说是一种文化极致。过去说玩物丧志，玩世不恭，多少带有一点儿偏颇，或者说在特定的条件

下，这些话才能成立。比如国难当头，敌人都打到了您的家门口儿了，您还玩呢。那岂不是"丧志"吗？

所以，老北京人常说，玩什么，也别把自己玩进去。也常说，玩什么东西，别让东西把自己给玩喽。可见北京人对玩的理解，表现出的是一种恬淡散漫的心态。

所谓玩是一种文化，不见得是指玩本身，而是在玩味其中的情趣。在把玩之间，所体现的那种超然于物外的情致。

这种情致只有在玩的过程中，才能体会到，文化是蕴含其中的。拿吃穿来说吧，人只要活着，谁离得开吃饭穿衣呢？

但北京人说："七辈子学吃，八辈子学穿。"您瞧，一个吃一个穿，到了北京人这儿都是以玩的心态来看待的。

您没有七辈子、八辈子打下的家底儿，就谈不上会吃会穿。当然七辈子也好，八辈子也好，都是打比方。

我认识一位京城玩家，有一天跟我聊起吃来。不谈饭菜的讲究，光吃饭的程序和那些老礼儿，他就跟我聊了三四个小时。

可见玩跟"文化"俩字沾边儿，并不是浮在表面上，是拿眼一照就明白的事儿。

三

我是在北京的胡同长大的。从懂事儿起，就好玩儿，拍过洋画儿，拍过"三角"（用烟盒叠成的三角形，在地上拍着玩，以正反面论输赢），玩过弹球，后来还玩过冰棍棍儿。

现在看，这些玩，都有点儿收藏的意味。"文革"期间，我跟胡同的孩子一块儿玩过纪念章（即毛泽东像章）和邮票。

1967 年到 1970 年，西单的十字路口东北角，有个很大的宣传展板，上面写着政治口号。西城和南城玩纪念章的人，就在这块大展板的底下相互交换纪念章。

换纪念章上瘾，常常让人废寝忘食，而换到一枚自己喜欢的纪念章，那种陶然的乐趣，现在回想起来还有余味。

这大概就是京城最初的收藏热吧？"文革"结束后，单位回收纪念章，我攒的几百枚纪念章都交了出去，最后送到冶炼厂化成了铝锭。

正因为有这些经历，我在采写京城玩家时，对那些玩家痴迷的心态，能产生共鸣。

玩家之所以能成"家"，就在于这种痴迷不为任何事物所左右，一直"痴"下去。

拿玩纪念章来说吧，像我当年那样着迷的人很多，可是一旦这阵风过去了，兴趣也就没了，所以半途而废。中国人玩什么喜欢一阵风，跟着哄的人多，真正能沉下心来把玩的少。

以纪念章来论，现在国内正经有几位收藏者，纪念章的数量和品位之多，令我瞠目。人家从"文革"那会儿玩到现在，始终没断，而且办了展览、出了书，成了玩家。

我呢，手里一枚都没了。为什么说玩是一种文化极致，就在这儿呢。

四

很多朋友对玩家这个词，觉得有些生分。

什么叫玩家？说句老实话，《新华字典》没这个词儿，不信，您就去翻。

毫无疑问，玩家算是北京土话，但比较权威的北京出版社出版的《北京土语词典》、商务印书馆出版的《北京方言词典》、中华书局出版的《北京话词典》里也没有这个词儿。不信，您也可以去验证。

为什么这个词儿词典里没有呢？因为这个词最早是出现在我写的文章里的，换句话说"玩家"这个词是让我给写出来的。

您可能会问，你写了那么多京味儿文章，许多北京话词典里，引用的例句都出自你的文章，为什么词典里，不把玩家列入词条里呢？

我认为玩家之所以还没入典，跟人们对玩家的认识有很大关系。

您如果翻开词典，看玩家的词条，就会发现，人们对"玩"存在着种种偏见，不是玩物丧志，就是玩世不恭，此外就是玩弄、玩乎、玩命、玩偶、玩完。

稍微好一点儿的词是玩票、玩耍、玩笑，可这是夸人的词吗？

所以，当年我在《北京晚报》当记者，在我主持的专版上，以整版的篇幅，先后发表了《京城"四大玩家"》《玩家论道》的专题报道文章，推出了收藏瓷器的马未都，收藏字画的刘文杰，收藏古籍的田涛，收藏古典家具的张德祥四位玩收藏的名家。

我在文中称他们是京城的"四大玩家"。文章发表以后，在社会上引起疑义，有读者来信问我："你凭什么要称他们是玩家?"

还有读者来信说:"老北京的'四大玩家'是袁克文、张学良、溥侗、张伯驹。怎么到你这儿给改成这四位了?他们根本没有这资格!"

当然也有叫板的说:"你接触的玩家太少了,称这四位为玩家,是见识短。你要是看看我的收藏,就知道谁是玩家了。"

其中有中国社科院的一位研究员,死乞白赖把我约到他们单位"谈心"。他的观点是我的"玩家"提法,违背了"四项基本原则",对社会会产生一种误导,因此,玩家思想是错误的。

我没想到"玩家"这个词儿,让老先生给"玩"出"思想"来了。我跟老先生辩论了一下午,当然也没有说服他。

但我坚持认为"玩家"的提法没错儿。这位研究员把民间的说法扯到政治上去,实在是政治神经过于敏感。

五

我之所以发明"玩家"这两个字,或者说我干嘛当时写收藏家,要用"玩家"这个词,主要是觉得这个词儿有京味儿,当然也符合人们搞收藏的特征。

当时,不但在北京,在全国各地,民间收藏已经悄然兴起,而且有一种来势凶猛的劲头,这种收藏热是从集邮开始的,慢慢发展到古玩和其他杂项。作为一个记者,我敏锐地感到这是一种不可遏止的社会发展趋势。

为什么呢?因为我意识到在中国人的温饱问题没解决之

前，能不能活着是生活的第一要务。当解决了温饱问题，生活进入小康以后，怎么活着成了生活的第一要务。玩，实际上就是人怎么活得舒坦的一种时尚。

老北京人喜欢玩，过去"花鸟鱼虫"号称是京城的"四大玩"，这属于寻常的玩。

现在人们生活水平提高了，玩的东西自然越来越高雅，越来越讲究了，比如瓷器、玉器、景泰蓝、字画、碑帖、文房四宝等，过去叫文玩，只有皇亲国戚和达官显贵才能玩，现在这些文玩已经进入寻常百姓家。这难道不是社会的变化和一种进步吗？

从一个玩字上，可以折射出改革开放以后，社会的发展和变迁，折射出老百姓的心态。这是我当时的认识。

当然，从 20 世纪 90 年代开始，民间出现的收藏热高烧不退，一直持续到现在，成为民间资本投资的一大热点，这也证实了我当时的观点没有错。

正因为如此，我认为，我们再不能用原来的眼光看待这个"玩"字了。玩，还有更深更广的领域，比如旅游算不算玩？运动健身是不是玩？

当一个人玩到一定水平，玩到一定境界，就可以称之为家了。老北京人有句话："这算玩到家了！"大概就是这个意思。

事实证明，我当时提出的观点和对玩家的理解是对的。尽管我报道的"四大玩家"当时饱受质疑，但一晃儿 20 年过去了，这"四大玩家"除田涛先生英年早逝外，其他三位依然是目前国内顶级的收藏家。您要是对收藏界熟悉的话，不能不认识他们。历史证明我的眼力没有错。

六

　　玩家这个概念，其实是一种泛指。什么是玩家？或者说，什么人才能称得上玩家呢？

　　这里没有一定的标准和尺度，如同武术、体操等体育项目，输赢，裁判只能给打印象分。也许在一两场比赛中获过冠军的，可以有资格称武术家、体操家什么的吧？但他们的教练没拿过奖，难道就不是武术家了吗？

　　作家的标准也不是能写文章。能写文章的人多了。据说作家的标准，必须是作家协会会员，入作家协会的标准是，本人出版过至少一本书。

　　这个标准也很含糊，因为现在出本书，并不是什么难事，而书的写作水平和质量也难区分。作家都难以定义，玩家就更难了。

　　由于"玩家"这个词儿本身就很模糊，所以北京人很少有自己说自己是玩家的。通常玩家的"桂冠"是写家们给戴上的。

　　就玩家而言，您叫不叫他玩家，他并不在乎。一个人既然有玩的心态，那么，他眼里只有玩了，功名之类，他也就看得淡了。

　　玩本身就是一个乐儿，您千万也别把玩家看得多么神圣。你玩什么玩艺儿玩得投入，玩得精致，玩出了道，您就是玩家。

话说北京老规矩

———

2014 年，北京的高考作文题是《北京老规矩》。一位参加评卷的朋友告诉我，考生们似乎对这道作文题，毫无思想准备，而且题目也有些陌生，所以能领会作文题意的考生普遍不多。自然，有些考生的语文考试，让这道作文给拉了分儿。

说起来，确实让人感到难为情，北京的考生，怎么会不知道北京的老规矩呢？

这句话放到三十多年前，北京人会感到脸红。现在说，就不足为奇了。尤其是对乳臭未干、尚未涉世的高中毕业生来说。

也许他们当中有的人从小长这么大，压根儿就不知道什么是老规矩。朋友告诉我，一位考生出了考场感言："新规矩我们知道的都不多，更别说什么老规矩了。"

客观地说，这篇作文，别说让高中毕业生写起来感觉有点儿难，他们的家长也未必能写得出来。因为他们的家长，也多是"60 后"和"70 后"，即"文革"当中或之后才出生的，正赶上那当儿对"老东西""老文化"的讨伐，所以他们也对很多老规矩知之不多了。

据报道，一位家长感叹："这些年谁还讲老规矩？许多老规矩都被人们遗忘了。"

的确，这道关于"北京老规矩"的作文题，不但给参加高考的学生出了一道难题，也给他们的家长出了一道课题。进一步说，更是给当今社会，出了一道比较难写的命题作文。

为什么这道看似简单的作文题，却成了考生的难题？进一步说，成了一道社会难题？就是因为很多中学生，甚至他们的家长，不见得知道"规矩"这俩字的确切意思，更别说知道什么是北京老规矩了。

写到这儿，我不由得一声叹息：丢什么，也不能丢了老规矩呀！要想有好的社会风气，要想让人们有良好的道德品质，您不提那些老规矩，真是不行。

这些年，由于众所周知的原因，咱们老祖宗传下来的老规矩，已经丢得差不多了，再不抢救、整理、挖掘，恐怕就没多少人知道了。所以对那些被人们遗忘的老规矩，重新认识，并把它们拾掇（重新整理）起来，也许这正是北京的教育机构，确定 2014 年高考作文题的初衷。

二

所谓老规矩，就是老事年间的规矩。要想弄清老规矩，首先得知道"规矩"这俩字是什么意思？

简单说："规"，就是做木工活儿画圆的圆规。"矩"呢？

是做木工活儿的曲尺。当然，现在这两样东西，已经不限于木工活儿的工具了。

古人说事儿论理，喜欢打比方。荀子说："规矩诚设矣，则不可欺以方圆。"咱们的这位老祖宗是拿这两样工具，打了个比方，意在说明规则和礼法的重要性。俗话说："没有规矩，不成方圆"。敢情规矩这个词儿，是从荀子这儿来的。

但是，规矩跟法律还不一样。法律一条一条在那儿摆着，您违犯了哪条，对不起，您要接受哪条的处罚，该蹲大狱蹲大狱，该挨刀挨刀。

规矩则没那么严重。它更多的是道德层面的约束。您不守规矩，顶多受到人们道德上的谴责，或者罚出场外，大伙儿不带你玩了，还到不了蹲大狱啃窝头的份儿。

《史记·礼书》中说："人道经纬万端，规矩无所不贯。诱进以仁义，束缚以刑罚。"司马迁说得非常好，甭管干什么事儿，都有规矩。按规矩做了，往上说就是仁义的人。不按规矩做，再往后退一步，您就犯法了。

其实，规矩又有点儿像我们现在所说的"游戏规则"，各项体育比赛都有规则，比如足球，犯规轻的，吹哨警告；违规稍重的，黄牌警告；严重犯规，就要亮红牌，直接罚出场外了。

说到这儿，您就会明白，什么是规矩了。简单说，它是人们行为的规范准则，包括标准、礼法、习惯等等。

韩非子在《解老》中说："万物莫不有规矩。"的确，在我们的生活中，不管干什么都有规矩，否则，就会乱套。

我们说的老规矩，如果细分的话，主要可分为四类：

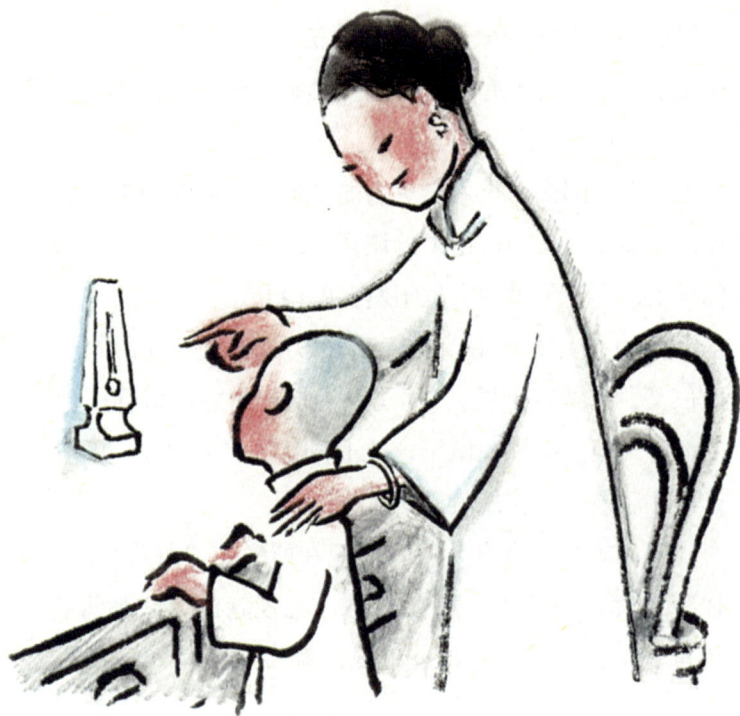

一是家规，即家庭或家族定的规矩；

二是社会交往的规矩；

三是社会场所的规矩，比如交通法规，乘坐地铁的规定，影剧院的相关规定等；

四是行规，也叫门规，即各行各业，各门各派，三教九流的规矩。

我们通常说的老规矩，主要是指家规和社会交往的规矩。

三

说到规矩，很多人马上会想到北京的老规矩。这不仅是因为北京的老规矩多，而且还因为北京的老规矩，具有一定的代表性。

从某种意义上说，北京的老规矩，是中华民族这个大家庭老规矩的典范。您在全国各地的老规矩里，都能找到。

为什么说北京的老规矩具有代表性呢？

首先，我们所说的老规矩，追根溯源，大都来自咱们中华民族老祖宗的礼教。

早在两千多年前的周代，人们就把礼和规矩联系起来了。《礼记》里说："礼者，所以定亲疏，决嫌疑，别同异，明是非也。"那会儿，礼跟规矩，就是一回事儿了。

古代的"礼"字与"履"字是相通的。什么意思呢？守礼，就是守规矩，只有守规矩，才能干成事儿。如同穿好鞋，才能走好路。

荀子说："人无礼则不生，事无礼则不成，国无礼则不宁。"

可见当时的人，对礼和规矩是多么当回事儿。

那么，咱们老祖宗说的礼和规矩是什么呢？浓缩起来说，它的核心内容就是"三纲""五常""十义"。

"三纲"：君为臣纲，父为子纲，夫为妻纲。

"五常"：仁，义，礼，智，信。

"十义"：父慈，子孝，兄良，弟悌，长惠，幼顺，君仁，臣忠，夫义，妇听。

我们所说北京老规矩，无一不渗透着这些"纲常义"的内涵。而这些规矩的内涵，在中国传承了两千多年。所以，北京的老规矩在全国具有代表性。

其次，北京曾是六朝古都。哪六朝？辽（南京）、金（中都）、元（大都）、明（北京）、清（京师），以及中华民国，这六朝，离我们的今天最近。此外，北京也是中华人民共和国的首都。

首都是全国的政治文化中心，所以，北京的文化，包括老规矩，集中了中华民族文化的精华，当然，可以说是中华文明和文化的重要代表。

作为首都，北京又是全国的首善之区。"善"，是好的意思。所谓首善？就是全国最好的地方。这里的最好，可不是指风景，而是社会风气、风尚、德行、规矩等"软实力"。

正因为北京是首善之区，很多风尚和规矩，带有示范功能，使全国各地所效仿。因此，北京的风气、风尚直接影响着全国。

汉代有首民谣："城中好高髻，四方高一尺；城中好广眉，四方且半额；城中好大袖，四方全匹帛。"说的是都城的妇女，如果喜欢把头发盘成高高的发髻，那么，其他城市的妇女，也会纷纷效仿，而且盘得比都城的妇女还要高出一尺去。都城的妇女喜欢描长眉，那么，其他城市的妇女描的眉毛能占半个额头。都城的妇女如果喜欢穿长袖的服装，那么，其他城市妇女的袖子能用整匹的棉布。

您瞧，首善之区的影响力有多大？当然，这是民间老百姓的说法，有些夸张。但事实确实如此。

所以，我们聊到老规矩时，首先要说北京的老规矩。实际上，北京老规矩，是全国"通用粮票"，换句话说，北京老规矩，也是其他地方的老规矩。

四

说了归齐，规矩属于约定俗成，代代因袭的道德规范。因此，很多老规矩并不是一下儿就形成的，或者说，不是一时一事立的规矩。

说老实话，一时一事立的规矩，不可能立得住。许多老规矩，之所以老，是因为它经历了几百年，甚至上千年的历练。

有许多老规矩是没有文字的，它的传承是靠一代又一代人的口传心授，以及家庭的熏陶和长辈的言传身教。

正因为如此，规矩传承和相授方式是潜移默化的，或者说是在日常生活中耳濡目染所形成的。

老规矩与民俗民风有很大关系，可以说民俗里有许多老规矩，老规矩里又能体现出一些民俗。比如说北京老规矩里，有不跟邻居借刀剪，不对着镜子吃饭睡觉等，就属于民俗。

另外，老规矩虽然"老"，但它往往与一些新规矩息息相通，或者说有些新规矩是由老规矩派生出来的。换句话说，有些老规矩是可以推陈出新的。比如：出门儿要言语，回家要打照面儿（出必告，返必面）。这些老规矩是早年间，三世同堂或四世同堂时代立的。

现代社会，别说四世同堂，三世（年轻父亲带着老婆孩子跟自己的父母一起过）同堂的都很少，一般的家庭组合是两口子带一个或两个孩子。年轻的父母，出门跟谁言语？回家跟谁打照面儿？显然不是自己的父母，而只能是夫妻相互之间。

虽然这个老规矩的主旨，是对长辈的尊重，但找不到长辈，跟平辈或晚辈打招呼也能体现一种尊重。当然，重要的是让自己的孩子知道，并且按这个老规矩办。

老规矩的最大特点是，被大众所认可。虽然有些老规矩属于家规，有其独立性，但如果作为老规矩传承，必须要经过社会的共识。

过去，一般家庭都有家规，尤其是一些老根儿人家（老式家庭）。尽管家规各有侧重，但整体还是离不开"三纲""五常""十义"。

比如：有名儿的家规《朱熹家训》，其中有："君之所贵者，仁也。臣之所贵者，忠也。父之所贵者，慈也。子之所贵者，孝也。兄之所贵者，友也。弟之所贵者，恭也。夫之所贵者，和也。妇之所贵者，柔也。事师长贵乎于礼也，交朋友贵乎于信也。见老者，敬之；见幼者，爱之。有德者，年虽下于我，我必尊之；不肖者，年虽高于我，我必远之。"等等。

您看，这些家规，哪条离得开"纲常义"的内涵？

五

中国有句老话："东西越老越值钱。"其实，这句老话并不准确。事实上，有些东西并非越老越值钱。

例如：同样是明代成化的瓷器，一件斗彩鸡缸杯，在拍卖会上，拍出了2.8亿元人民币。而一件青花小罐，却只卖了1.2万元人民币。

为什么？因为前者是官窑，品相又好。后者是民窑，还有一道冲（小裂纹）。所以身价不可比。您看，是所有的东西都越老越值钱吗？

老规矩也如是，并非所有老规矩，都是道德和文化层面上的精华，相反，有些老规矩属于繁文缛节，有些属于束缚人思想的教条，有些属于歧视妇女的封建礼教，还有一些带有迷信色彩和江湖习气的陈规陋习。

这些内容的老规矩，随着时代的发展，社会的进步，有很多已被淘汰。对这些已经死了的老规矩，我们也没有必要再让它起死回生。

不可否认，有很大一部分老规矩，是属于正能量的，也是接地气的。我们的现实生活，也离不开这些有道德意义和行为规范的老规矩。

尽管从20世纪初的新文化运动开始，就对封建礼教和"孔家店"进行讨伐，到后来的"文化大革命""破四旧""批孔老二"，把老祖宗留下来的那些礼数、礼教，包括老规矩，给打呀批呀破呀，已经弄得体无完肤，支离破碎了。

但那些在老百姓的日常生活中，恪守了上千年的老规矩，并没有因此而湮灭。相反，在民间，在人们的日常生活中，依然遵守着。由此可见，老规矩是多么"任性"。它是多么接地气。

老规矩的经世致用意义，是不言自明的。但有的读者可能会问：我们的生活已经进入网络时代了，难道还要遵循旧礼教和老规矩吗？

遵循？不，应该是尊重。是礼教，不是旧礼教。

老规矩，没错儿，但是那些健康的老规矩。所谓"健康"，就是符合现代社会道德规范的老规矩。

我认为，现代社会，礼教、礼数、礼仪，以及老规矩、新规矩，比以往任何一个历史时期，都显得重要。

为什么？因为，现代生活是快节奏、多元化、高频率的动感文化，人们在信服理性认识的同时，更看重视觉的第一印象。因此，您在职场求职、情场征婚、商场竞争中，懂不懂规矩，知道多少礼数，有没有良好的气质，是不是落落大方，彬彬有礼，就显得至关重要了。

六

在我们现实生活中，流行着一句非常经典的话：细节决定成败。

生活中的很多细节，会深深地打动人，比如冬天，刚洗完澡从浴室出来，有人给您递过来一条热毛巾。比如下雨天正要出门，有人送过来一把雨伞。比如准备要参加一个活动，出门前找不到汽车钥匙，正抓耳挠腮的时候，有人把您忘了的钥匙送过来。比如下班回家坐地铁，身体感到极度疲乏的时候，一个漂亮女孩给您让座儿等等。

这些看似平常的细节，有时是那么温暖人心。相信能做出这些细节的人，在事业上的成功几率，要比一般人高得多。

如果说细节决定成败，那么什么决定细节呢？决定细节的东西也许很多，但有一条必不可少，那就是懂规矩。

有多少高学历，貌可人，体格健的年轻人，因为不懂礼数，不懂老规矩，在举止言谈中，往往因为一个细节，而与自己心仪的工作和恋人失之交臂，后悔不已。因此，年轻人，补上老规矩这一课，非常重要。

众所周知，中国是一个礼仪之邦，古往今来，刨去战争和革命时期，中国人一直都把礼仪看得非常神圣。有皇上的时候，朝廷的行政机构是吏、户、礼、兵、刑、工六部。为什么专门设立了一个礼部？因为礼在政治生活中太重要了。

过去，外省的官吏，甭管您官居几品，进宫见皇上，要先到礼部演礼，也就是接受培训。把所有的规矩和礼数弄清楚，并且经过演练，您才能觐见。

现在也是如此，虽然没有过去那么严格，但在参加重要的活动，包括会见重要领导人之前，也要对相关人员，进行礼仪方面的培训。外事活动就更加严格了，您也许知道，外交部为此，专门设立了礼宾司。

至于有人认为老规矩是不是过时了？这分怎么说。我说句欠雅的实在话，如果人们的吃喝拉撒睡没过时，那么，老规矩也就没有过时这一说。因为我们说的老规矩，并没有什么玄奥的，它不过是吃喝拉撒睡的规范动作而已。

当然，这里说的是老规矩的核心部分，至于说到一些具体的老规矩，又另当别论了。比如早晨起来给老人请安，倒夜壶，沏早茶等规矩。随着人们生活方式的改变，这些规矩确实过时了。但尊老敬贤、孝敬父母、长幼有序等内容的规矩，到什么时候也得讲。

自然，有些老规矩也要和现时的管理条例，比如在公共场所不能随地吐痰，不乱扔杂物，不在无烟区域吸烟，坐电梯让老人和女士先行，在电影院看电影不聊天、嗑瓜子，在开会的现场不玩手机(看微信) 等等，结合起来，形成了一些新规矩。

其实，我们的许多老规矩，不但没过时，而且跟国际上许多国家的规矩是相通的。比如尊敬老人、女士先行、公共场所不高声高语、吃饭不出声、婚礼丧礼要穿正装、人多了要排队等等，几乎都是一致的。

按理说社会越发展，人类越文明。文明既包括物质上的，住好房、开好车，吃好、穿好、玩好、身体好等等；也包括精神上的，有礼貌、守规矩，有好的道德风尚，有好的社会风气等等。

如此说来，老规矩也应该纳入精神文明建设的范畴。

追根溯源说元宵

人们都知道正月十五是元宵节，而且也知道元宵节要吃元宵。但是，您知道吗？正月十五最早不叫元宵节，而且也不吃元宵。

那么，正月十五最早叫什么节呢？正月十五最早叫上元节。

为什么叫上元节？这得从中国自己的宗教道教说起。道教文化的核心之一是"三元"神说，所谓"三元"，即上元、中元、下元。

这"三元"都是神官，上元是天官，中元是地官，下元是水官。他们的生日分别是：上元是正月十五，中元是七月十五，下元是十月十五。

在古代，每逢"三元"的生日，都要举行盛大的祭祀活动。其中正月十五是上元的生日，这一天要举办许多活动，所以人们又把它叫作"上元节"。其他"两元"的生日那天，也被称为"中元节"和"下元节"。

据史书记载，"三元"节日从远古时代就已经有了。《史记·乐书》中记载："汉家常以正月上辛祠太一甘泉，以昏时

夜祠，到明而终。"

"太一"也叫"泰一"，是春秋战国时代人们供奉的天神。这就是说，到了汉代，正月十五奉祀"天神"的活动，通宵达旦。

因为奉祀天神是在夜里，家家户户都要点灯，于是这种奉祀活动，到了隋唐，逐渐演变成观灯赏灯的灯节。

每逢正月十五之夜，京城处处张灯结彩，人们纷纷上街逛灯，煞是热闹。

隋炀帝曾写过一首《元夕于通衢建灯夜升南楼》的诗：

　　　　法轮天上转，梵声天上来。

　　　　灯树千光照，花焰七枝开。

　　　　月影凝流水，春风含夜梅。

　　　　燔动黄金地，钟发琉璃台。

从这首诗所描写的场面，便知那会儿的上元节有多热闹。

当然，除了祭祀、看灯，古代的上元节还有很多民俗活动，比如猜灯谜，北京人也叫"打灯虎儿"，高跷表演，加上赏灯，寓意登高等等。

但直到宋代，关于上元节民俗的记载，找不到吃元宵。为什么？

因为元宵到了宋末才出现。换句话说，到了宋朝，才有上元节吃元宵的民俗。

为什么叫元宵呢？元宵的名字是怎么来的？

这跟上元节有直接关系。您想从汉代起，人们过正月十五上元节，都是成宿成宿地观灯赏灯，热热闹闹的，到了夜里能不饿吗？

285

按南方人的生活习惯，夜里饿了，要点补点补（吃点东西），南方人管这叫"宵夜"，北方人管这叫"夜宵"，总之都有个"宵"字。

"宵夜"吃什么好呢？南方人喜欢把糯米团当零食。光有糯米没馅儿不好吃，于是人们把它包进了馅儿，取名"汤圆"。

到了宋代，先是南方人，后是北方人，把"汤圆"作为上元节的"宵夜"，因为是上元节的夜里吃的，所以人们又把它叫"元宵"。后来，逐渐演变成正月十五吃元宵的习俗。

再后来，也就是到了明清时代，民间的老百姓干脆把上元节，改叫元宵节了。这就是元宵节的来历。

到了近代，正月十五上元节，逐渐变成了元宵节。吃元宵，赏花灯，成了正月十五民俗的主要内容。

其实，元宵在南方依然叫汤圆、圆子，做法是用糯米面直接包。北方人聪明，根据摇煤球的经验，发明了摇元宵的方法。

元宵的品种很多，在老北京以"八宝元宵"为最佳，据说这是正月十五，宫里御膳房给皇上做的。现在市场上很少见。次之是"桂花元宵"，也很少见，因为在北方的正月，桂花很难淘换。

清代的符曾写过一首《上元竹枝词》：

> 桂花香馅裹胡桃，
> 江米如珠井水淘。
> 见说马家滴粉好，
> 试灯风里卖元宵。

您瞧那会儿京城卖的元宵多么讲究，元宵的面，不但是如

珠的江米，还要过滤成"滴粉"，用上好的井水来摇成元宵。您想那摇出的元宵是多招人待见呀？

头20年前，每到元宵节前，北京的副食店和老字号饭馆的门前，就摆上摇元宵用的铁制的大笸箩，笸箩下面有能转动的发动机，发动机一开，铁笸箩就来回"摇"，职工现场加面添水，现摇现卖。这也是当时京城过正月十五的一景儿。

元宵有不同的馅儿，有馅儿的样品在旁边摆着，这一笸箩摇什么，让人一目了然。

这种现摇现卖的元宵，现在几乎看不到了，市场上卖的都是提前做好的。

现在的元宵馅儿五花八门，近年又有重新加了水果和巧克力等馅儿，但总觉得馅儿里缺点儿什么。

印象最深的是前些年的元宵馅儿里，总少不了青丝红丝，也少不了一些"五仁"类的干果。元宵的馅儿里加进这些，那味儿就不一样了，但是现在商家为了节约成本，谁会给您放这些？所以现在元宵的味儿，越来越不如从前了。

但不管怎么说，正月十五得吃元宵，不吃，像是生活中缺点儿什么似的。

北京人过春龙节

    北京人喜欢过节，记忆里民间的节日一个挨一个，几乎每个月都有。当然，比起现代人的造"节"热情来，老北京人的"热度"还是略逊一筹。

    现在的节实在记不过来，随便找个由头儿都可以立一个节，而且没有什么说头儿。古代人留下的节都是有讲儿的。我小的时候，觉得胡同里谁家有老人，或者谁家农村有亲戚，谁家过的节就多。

    农历的二月二日，被老北京人视为龙抬头的日子，这一天也叫"春龙节"。现在的北京已经是国际大都市了，西方的节日似乎更让年轻人喜欢，而对这个节已经淡忘了，有些年轻人恐怕都不知道还有这么一个节。

    但是在老北京，人们对"二月二"还是很当回事儿的。我小的时候，虽然这个节的热闹劲儿跟"三节"（春节、端午节、中秋节）没法比，但必须要过。

    "二月二"通常在农历的"惊蛰"前后，这个节气对中国的北方地区来说，意味着春天的真正的来临。

    因为此时，大地开始复苏，冰冻的土地开始融化，蛰伏在地下的各种生物开始复活，到处是生机勃勃的春的气息。

经历了漫长冬季的人们，谁不喜欢春天的来临呢？这也许就是人们把"二月二"作为一个节日的重要原因。

按道理说，"二月二"更像是农民应该过的节日。"惊蛰"嘛，毕竟跟土地关系密切。那么，为什么老北京人这么重视它呢？

说到这儿，得跟您多聊几句。您可能有所不知，当年的北京城非常小，小到什么份儿上呢？您知道北京地铁的2号线吧？那会儿的北京内城就那么大。后来加上城南的老宣武和老崇文两个区，面积也不大。所以，当时北京人管城区叫"城圈儿"。

那会儿，出了"城圈儿"，就是农村了，比如北京的月坛和日坛，您现在看，绝对是城市的中心区，但在老北京，它可是在城外呢。

远了不说，30年前，现在的三环路以外，放眼看去几乎都是农田。您现在看新街口外的小西天、牡丹园等地界，肯定也是市中心的感觉。但我上小学的时候，这一带还是海淀区的东升公社的菜地。

我在上小学三年级的时候，还腿儿着（走着）到这儿参加秋收，在地里捆过大白菜。

聊这些，是想告诉诸位，老北京城虽然是城市，但它跟如今的现代化城市可不是一码事儿。

那会儿，北京的胡同几乎都是土路。虽然有了自来水，但住在胡同里的大多数人，喝的依然是井水。走街串巷的小商小贩，比如卖菜的，卖应节当令水果的，几乎都是城外的农民。

所以，那会儿的北京，虽然是"城"，依然有浓浓的"村"

的味道。正因为如此，人们对"二月二"，春龙节，才有一种亲切感，也非常当回事儿。

人们为什么把"二月二"叫春龙节呢？因为通常"二月二"，在"惊蛰"这个节气之后两三天。"惊蛰"，按传统说法，指的是"龙动"。

换句话说，就是龙在寒冷的冬季，一直在地下蛰伏冬眠，大地回春，一声春雷，把蛰伏中的龙给惊醒了。

所以，老北京人又把"二月二"看作龙抬头的日子。"二月二，龙抬头"，妇孺皆知。龙的醒来，意味着美好的春天终于来临了。

正因为"二月二"是春龙节，所以这一天的许多民俗活动，都跟龙有关。

这一天，大人和孩子要很早就起床。小孩儿早晨起来睁开眼后，要在枕头上磕三个头，同时要说三遍："二月二，龙抬头。"这种"仪式"，我小的时候还赶上了。

我那会儿还很小，并不懂什么是春龙，但母亲到了这天，一定要我早起，而且要在枕头上磕头。

母亲说："这一天给龙磕头，将来长大就能仰起头来做人。"仰起头做人，就是堂堂正正做人，不会受人欺负的意思。

在枕头上磕了头之后，孩子们要赶紧拿课本念书，或者写字。

为什么要赶紧呢？因为要赶在太阳出来之前，太阳一出来就不灵了。

按民俗的说法，这叫"独占鳌头"。所谓的"独占鳌头"，也就是在考试时得第一名呗。

哪个孩子不想考试得第一呀！所以这一天，老早就开始念书，唯恐太阳出来，占不了"鳌头"。

在母亲的督促下，每到"二月二"，天不亮，我准起来磕头、看书，但考试的时候，很少得第一。这不过是民间老百姓的某种愿望和寄托而已。

除了"占鳌头"之外，"二月二"这天，北京人还要吃饼和面，这两样吃食也跟龙有关。饼，叫"龙鳞饼"，面，叫"龙须面"。

此外，这天，还要用白面或者棒子面加其他面和好后，做成各种小生物，如蜈蚣、蝎子、刺猬等形状，在饼铛上拿油煎着吃，美其名曰：熏虫儿。

为什么要熏虫儿呢？因为"惊蛰"，不但把龙给惊醒了，也把其他冬眠的虫子给惊醒了。这些虫子对人的身体有危害，所以要"熏一熏"。

在饼铛上煎那些面食，要冒烟呀。烟熏火燎，把这些危害人的虫子给"熏"跑了，人们不是能身体健健康康，快快乐乐地过日子了吗？

除了熏虫儿，老北京的"二月二"，还有一个特别有意思的民俗，那就是"引龙"。怎么引"龙"呢？

咱们上面说了，老北京人是喝井水的，即使民国以后有了自来水，当时也是大一点儿胡同才有一个供水点。自来水直接入户，是 20 世纪 80 年代的事儿。之前，好长时间，一个居民院才有一个水龙头。为了用水方便，家家都备有水缸。

水缸，就是现代京剧《沙家浜》里，胡传魁在鬼子来时，"水缸里面把身藏"的那种。当时，它可是北京每个家庭，都离不开的一个"大件儿"。

龙离不开水。水在"五行"当中"主"财。所以，在"二月二，龙抬头"这天，北京人要引"龙"进家，这样，一年当中会有财运。

"龙"在哪儿呢？在您住家的院门口。所以，"二月二"一大早儿，家里的大人要抓几把青灰，从院门口开始往地上撒，一直撒到家里的水缸这儿，算是把"龙"给引到家了。

但这还不算完成任务。因为"龙"是"地行仙"，您不把它拴住，引进来，它还会跑。

所以，家里的大人还要接着撒青灰。围着水缸撒一圈儿，这叫"回龙"。"龙"让您这么一"回"，就跑不了了。这一年，"龙"就在您家就算"住"下了，保您和家人一年风调雨顺，行大运，发大财。您瞧，这是老北京人多么美好的愿望呀！

时过境迁，"二月二"这些有意思的民俗，人们早已经不讲了，很多人可能也不知道了。因为时代在发展，社会在进步，现在的北京城已经不是老北京那种面貌了，所以，那会儿的有些民俗，拿到现在已经不适用，当然，也没有恢复和传承的必要了。

不过，民俗也是与时俱进的。现在人们已经赋予"春龙节"新的寓意了。

"二月二，龙抬头"，正是春回大地、草木生发的季节，国家把植树节，就定在了每年三月十二日。

每年三月十二日，恰好在农历的"二月二"前后。人们在这一天，走出家门，植树栽花，享受阳光，享受大自然，迎接春天的来临，这是多么有意义的过"春龙节"的方式呀！

赏月中秋节

老北京人在中秋节的时候，不说中秋节，而直接说"八月十五"，或者说"八月节"。

考证起来，这并没什么讲儿，只是一种习惯说法，如同把过春节叫过年一样。

中秋节是北京民间"三节两寿"中的"三节"之一（另两节是春节、端午节），是老北京人比较重视的节日。当然，不只是北京人，哪儿的人都是把中秋节当重要的传统节日来过的。

查史料，"中秋"一词最早见于《周礼·春宫》，远在周朝，就出现了每年中秋夜击鼓赋诗，以"迎寒"的活动。

"八月十五月儿圆"。现在是这样，古代的八月十五月亮也是圆的。秋风送爽，皓月当空。这种夜色妙不可言，很容易让人产生诗意。

人们仰望夜幕中的那轮明月，自然会生出无限遐想，于是古人把月亮想象为月宫，有月宫便有月神，月神跟太阳神便由此诞生。一个象征着阳，一个象征着阴，阴与阳构成了太极的形象。

那位可爱的，也是浪漫的周天子便在中秋时由文武百官相随，面向浩瀚的苍穹，来"夕月"。所谓"夕月"，也就是拜月。

那是何等壮观的场面！帝王在中秋这天晚上，穿着白衣骑着白马，前往国都镐京城西的月坛祭月。

此时此刻，万民也随着周天子一起仰望皓月，顶礼膜拜，乞求月神能恩惠于民，让月光下的安适恬静的景色，永驻人间。

这些充满诗意的祭祀活动，跟后来民间中秋赏月、祭月、吃月饼等习俗有很大区别。

如果说上古时代，人们祭月、赏月、拜月，带有对自然现象的崇拜，也带有浪漫诗意的话，那么后来的人们祭月、赏月、拜月，则带有一些功利色彩了。

晋代，已经有中秋赏月的记载，但当时尚未形成风俗，直至唐代，中秋赏月等活动，才成为一种约定俗成的带有普及性的风俗。

由皇帝下令以八月十五为中秋节，是在宋代的太宗年间。宋人吴自牧的《梦粱录》中描写南宋的都城临安，中秋之夜，无论是穷人还是富家大户，家家都要聚在一起，吃上一顿晚宴，一同饮酒赏月，街市玩月赏景的游人如织，"婆娑于市，至晓不绝"。

到了明代，才有中秋节吃月饼的习俗。清代，中秋节的规模和内容更加丰富，北京城到处充满喜庆欢乐的气氛。家家户户赏月拜月。民间出现了家里摆放兔儿爷和烙团圆饼的风俗。这一天，人们不管平时多忙，也要回到家里，与父母一起吃顿团圆饭。

中秋之夜的团圆饭，与大年三十晚上的团圆饭，有着不同的意义。

中国长期以来是农耕社会，秋天是农田收获的季节。这个季节高粱熟了、玉米熟了，谷子也黄了，苹果、梨、葡萄、石榴、枣等蔬果也上市了，民间到处洋溢着收获的喜悦，所以八月十五的团圆饭，有合家欢庆和共享丰收的寓意。

一轮明月当空照，满院花香，一家人坐在葡萄架下，吃着饭菜，饮着菊花美酒，吃着月饼，听着秋虫儿的鸣叫，多么富于诗意！所以，中秋赏月赋诗，成了当时八月十五的一个主题。

当然，赋诗是文人墨客的雅兴，一般人有诗意，不见得能吟诗。他们也有自己的乐子，比如上街赏灯、饮酒行令等等。女人们还要在家里摆放月亮码儿（月神像），焚香拜后，拿到院中焚烧。

老北京人认为月属阴，所以有"男不拜月，女不祭灶"的风俗。这种习俗一直保留至今。

虽然祭月的风俗已经没有了，但中秋节一家人坐在一起吃团圆饭、饮酒、赏月、赋诗、吃月饼的习俗始终没变。

中秋节作为中华民族重要的传统节日，从周朝开始到现在已经有三千多年的历史了。在这漫长的历史岁月中，中秋赏月，享受团圆、渴望团圆的主题始终没变，并且在内容上逐步地扩大发展。

尤其是在晋代，中秋节作为重要民俗，受到格外重视。宋代则把八月十五作为国家颁布的法定节日被固定下来。

这是为什么呢？因为中国的晋代，国家一直战乱频仍，处于动荡不安之中，人们看到天上的明月，想到战争给家庭带来的灾难，非常渴望团圆，所以把祭月作为重要内容。

宋代，尤其是南宋，南北战争不断，国土四分五裂，人民渴望社会安定、家庭团圆的心情非常迫切。通过中秋这一节日，来抒发盼望国家安定、家庭幸福团圆的情怀和"花好月圆人长寿"的美好向往。

人们仰望皓月当空，浮想联翩，把古代嫦娥奔月的故事更加拟人化了。吴刚、玉兔、蟾蜍等神话故事中的形象，也被民间艺人用丰富的想象力，制造出各种工艺品，变得更加真实生动了。

中秋节这一传统节日的主题，在今天更有现实意义。当我们在合家欢度中秋，饮酒赋诗、吃月饼、赏月、玩月的同时，也应该想到只有在和平时期，在安定的社会环境下，我们才有可能享受到家庭团圆、幸福、安康的生活。

当我们"举头望明月"，渴望"但愿人长久，千里共婵娟"的美好意境时，我们更应该珍惜今天来之不易的国家安定团结的局面，珍惜我们的家庭，热爱和享受美好的人生。

另外，从中秋节这传统节日的发展过程来看，我们也会得到一些有益的启示：任何民间传统节日，主题一旦确定下来，内容都会随着社会的发展，不断丰富和扩展。比如中秋节在元代以前，没有吃月饼的习俗，到明代，则成为普遍接受的民俗。

因为月饼跟八月十五这天夜幕上的月亮一样，都是圆的，而且里面的馅儿可以自行调配，但团圆的主题没变，非常符合人们向往"花好月圆人长寿"的愿望，富有想象力。

再比如，北京人发明的兔儿爷，也是很有想象力的。这些都丰富了中秋赏月盼团圆的主题。

现代人过中秋，也应赋予它更新的内容。古代人凭借着丰富的想象力，编出了嫦娥奔月的神话故事等。现代人已使这个神话变为现实，我们国家正在实施登月计划。

围绕着现代的高科技，能不能发挥人们的想象力，在中秋节编排一些新的民俗活动，让这一传统节日变得更加丰富多彩和富有诗意呢？这倒是需要我们认真琢磨的事儿。

北京人过除夕

按北京的老规矩，农历腊月二十三是小年，春节该由小年算起，一直到正月十五元宵节。

节日里，北京城的大街小巷，张灯结彩，爆竹阵阵，欢声笑语，一派热闹景象。而最动人的要算除夕了。

北京的除夕，一切都透着色彩浓烈的红颜色。街面、胡同、家庭、灯笼、对联、蜡烛、桌围、爆竹和姑娘们的衣服是红的，就连大人给孩子们的压岁钱都是用红纸包起来的……

三十晚上，家家户户灯火通明，满街飘溢着炖肉的醇香。再穷的人家，借钱也要在三十晚上吃一顿年饭。

在外做事的人，别管多忙多远，也要回家吃团圆饭。年饭中有两样儿吃食不能少。一是饺子、一是鱼。这两样吃食，都带有吉庆团圆大吉大利之意。

饺子在古代称为馄饨、交子、银圆，三十晚上吃饺子有更岁交子、来年招财进宝的意思。

吃鱼，是借它的谐音。过去的北京风俗当中有许多迷信色彩，吃鱼的时候，不能吃完，表示年年有"余"。吃法上也有讲究，不能翻动鱼的身子，否则明年出门乘船准翻。

生活富裕的家庭，年饭当中要有年糕，蒸一个五颜六色的江米糕、上面撒上枣，象征春来早。撒上柿饼，表示万事如意。加上杏仁，意味着幸福来等等，这种风俗体现了过去北京人对和美幸福生活的追求和渴望。

吃年饭之前，先要祭祖，找个方桌，围上红布，放上祖先的牌位，摆着水果、糕点、年菜。

老北京人过除夕，从家门口到院门，凡是行走的地方，要撒上芝麻秸。

孩子们吃过年饭，便悄悄爬上门板，或是在门后蹦三下，边蹦边喊：快蹦快长，快蹦快长。

长辈们这时将压岁钱送给孩子们，有的则要等小孩睡了，塞在他们枕头下边。

按民间传说，年是古代凶恶可怕的猛兽，吃人伤畜，为害人民，天神把它锁进深山，一年只在年终出来一趟，于是每年三十晚上，家家关门闭户，挑灯守夜。大人们能一宿熬到天亮，小孩却不行。

为了避免年兽对小孩的伤害，大人们给他们一些压岁钱，如果年兽来了，用钱贿赂它，就化凶为吉了。

北京人把除夕守岁看得非常重要。因为除夕"一夜连双岁，五更分两年"。人们一边喝着隔年酒，一边叙陈话新，或打牌下棋娱乐，或在门口燃放鞭炮。

传说年兽来到民间，看到家家户户亮着灯，处处是爆竹声，便吓得跑回深山，不敢出来伤害百姓了。

现代人破除了那些带有迷信色彩的旧风俗，也省了许多不必要的开销，像什么芝麻秸、跳门板，都已成为研究北京民俗

的历史资料了。人们不用扔破衣剩粥去"送穷"，也不用蒸裹杏仁的年糕来祈祷幸福。

20 世纪五六十年代，人们吃过年饭，就要守着收音机，收听中央人民广播电台的文艺晚会了。

进入 80 年代，电视机进入北京的千家万户，中央电视台的春节文艺晚会成了北京除夕之夜的重头戏。人们观看着精彩的文艺节目，欢度这美好的夜晚，迎接新年的第一个早晨。

三十晚上年夜饭

　　年夜饭，是指除夕家人吃的一顿饭。这顿年夜饭是过年（春节）的重头戏。

　　老北京有句话：一年辛苦和流汗，就为三十这顿饭。这是一种寓意，三十晚上这顿饭是阖家幸福团圆的象征，我们一年到头奔波劳碌为了什么？还不是为了家人幸福，和谐安康，日子越过越好。所以，这顿饭的意义非同小可。

　　在许多地方的民俗里，三十晚上吃年夜饭，是过年的象征，所以有钱没钱也要吃这顿年夜饭。不吃这顿年夜饭，如同没过这个年。想想吧，它重要不重要？

　　过年的习俗，已经有三四千年的历史了，中华民族自从有过年这个民俗，就有三十晚上吃年夜饭的传统了。

　　说到三十晚上吃年夜饭，重要的不在吃不吃，而在于怎么吃，在哪儿吃？

　　在哪儿吃年夜饭的民俗如果被忽略，也就谈不上重要不重要了。

　　年夜饭在哪儿吃呢？

　　按中华民族的传统民俗，年夜饭必须在家吃，不能在外面吃。为什么？

因为年夜饭又叫一家人的团圆饭。现代社会，长辈跟孩子都单过，孩子们一年到头都在外面忙碌，平时几乎没有时间到父母家看看，只有过年，才有机会回到父母身边，难得跟父母吃顿团圆饭。

这顿饭在家吃，是为了体现"家"这个主题。过年，讲究年气儿和年味儿。三十晚上每个家庭的年夜饭，恰恰是为了让家有年气儿和年味儿。

年夜饭在做的过程中，就可以产生祥和的"家"氛围。孩子们，这个洗菜，那个切菜，最后有一个人上灶。做好饭菜，一家人坐在一起，喝口过年酒，吃口过年菜，说些过年的吉利话，辞旧迎新，期盼春天，体现天伦，其乐融融。

吃完饭，一家人再一起边看央视春晚，边包饺子，挨到子时（11 点到 1 点），下锅煮饺子，吃完饺子，年纪大的可以休息，年纪小的可以聊天打牌，守岁到凌晨，这才是过年呀！

年夜饭在家里吃，还有第二层意义，那就是祭祖，这是过年非常重要的环节。

从前，按过年的民俗，除夕，家家户户都要设供桌，把自己家里过世的先祖遗像摆上，一般到爷爷奶奶这辈就可以了，当然，父亲母亲过世的，也要把他们的遗像摆上，然后摆上"五供"、供品和碗筷。

在年夜饭正式开吃之前，一家人要到祖先的供桌前磕头或鞠躬，焚香。然后要摆上碗筷，把年夜饭最好的饭菜，夹一筷子到供桌上的碗里。

之后，大家围在饭桌上，由家里的长辈跟大家说几句过年

的话（祝词一类），年夜饭这才开吃。

中华民族的美德之一是慎终追远，不忘前贤。无论何时何地我们都不能忘了自己的根脉，不能忘记自己的先祖。要知道，没有他们，哪儿会有我们？我们每个人不是从石头缝儿蹦出来的。

从前过年时候，人们常说一句老话：这个年是给长辈和孩子过的。毫无疑问，长辈和孩子是过年的主角。老与少，象征着一个家族或一个家庭的新老更替和薪火传承。这种传承，在过年的许多民俗里得到了彰显。

所以说，祭祖既是给前人做的，又是给后人看的。

我们说家有家风，人有人脉，怎么来体现？三十晚上的年夜饭祭祖，无疑是一种良好的传统家风。

此外，对当年亡故的亲人如兄弟姐妹等直系亲属，在年夜饭的桌子上，要给他们摆上碗筷，在这既是一种寄托，又是一种象征，意味着亲人没有走，还跟我们在一起。

正因为年夜饭是一个家庭的团圆饭，所以这里有许多规矩。

首先，年夜饭一般不招外人来，因为年夜饭是自己家人吃的团圆饭，所以外人，即便是非常好的朋友也不能吃别人家的年夜饭。

老北京人有一种迷信说法，招外人来家吃年夜饭，会把一年的好运气让人吃走。

当然，这种说法不可信。但作为一个明白人，人家吃年夜饭，您到那儿添什么乱？

在老北京，最让人看不起的事，就是到别人家吃年夜饭。

即便人家盛情邀请，也不能去。

其次，儿媳妇一定要在公公婆婆家吃这顿年夜饭。您工作再忙，也要赶回来吃这顿饭。此外，初一也要在公公婆婆家过，初二才回门，跟丈夫孩子回娘家过年。这是几千年传下来的民俗。

需要说明的是，父母不在了，年夜饭怎么吃？您且记住家的概念。父母在，"家"的概念才成立。父母不在，那您就是家的核心了！

年夜饭是以家为单位的。这一点跟兄弟姐妹吃的过年饭，是两个概念。有的家庭父母过世，兄弟姐妹之间为联络感情，每年过年要团聚一下吃顿饭，这跟年夜饭不是一回事儿。

年夜饭的另一个规矩是，饭桌上不能说不吉利的话，不能提倒霉晦气的事儿。

吃鱼，要说年年有余。吃年糕，要说步步登高。碟子碗摔了，要说岁岁平安。筷子掉了，要说快快乐乐，诸如此类的吉利话，要挂在嘴边。

北京有句话：千难万难，除夕团圆。还有一句话：打一千，骂一万，三十晚上这顿饭。

什么意思呢？家庭成员，父母和孩子之间，兄弟姊妹之间，在日常生活中，短不了有砂锅碰笊篱的时候，为此会产生一些小小的恩怨。

老话说，今年的这些恩怨，不能带到明年去呀？怎么消除呢？这就得吃这顿年夜饭了。

平时可能见面不说话，但吃饭的时候，只要一方端起酒杯来敬酒，您也会端起酒杯，父母中间一搭话，一笑泯千仇，之前的疙疙瘩瘩，小恩小怨就在这和谐的年夜饭中烟消云散了。

这就叫打一千、骂一万，三十晚上这顿饭。原来这年夜饭还有这功能，您说这顿饭重要不重要吧！

我小的时候，一年到头就盼着吃这顿年夜饭，因为那时商品供应紧张，平时买鱼买肉，甚至买个花生瓜子都要票，所以小孩子就盼着过年，能在三十晚上的年夜饭上，吃到许多平时吃不到的好吃的。

那会儿，大年三十的年夜饭都在自己家里吃。在外面吃，用老北京话说是吃"野食"，当时的人迷信，认为三十晚上不在家吃年夜饭，一年吃不上饭，换句话说，一年挣不到钱。您想谁不怕一年吃不上饭呀。

当然，那会儿，您不在家吃年夜饭，也没地方吃去。因为大年三十和正月初一，京城的大小饭馆都关门，他们的职工也要回自己家吃年夜饭。

大概在 20 世纪 80 年代末，北京人，包括其他城市的人悄然兴起在酒楼、饭馆吃年夜饭。因为当时人们刚刚过上好日子，觉得在酒楼、饭馆吃年夜饭，既省心省事，又体面排场。

与此同时，酒楼、饭馆为了扩张自己的业务，搞创收，也纷纷大打年夜饭这张牌，使在三十晚上的这顿年夜饭在酒楼、饭馆吃，渐成一种风气。这实际上把在家吃年夜饭的年俗给破了！

在酒楼、饭馆吃年夜饭，确实省心省事儿，也比较体面，但年夜饭的内涵和意义却被打了折扣。试想，酒楼、饭馆固然体面，但那是您的家吗？

同时，年夜饭是以家庭为主体的团圆饭，酒楼、饭馆聚

拢了那么多人，人声嘈杂，气氛倒是很热烈，但有回家的感觉吗？

其实，现在人们生活水平提高了，人们平时经常下馆子。除夕，一家人团团圆圆在家里吃顿安详和美的年夜饭，多有意义呀。何必在饭馆感受嘈杂，单为了吃那顿饭过年呢？

现在人们并不在乎吃什么，更重视怎么吃。何况这是有着特殊意义的年夜饭！

慎终追远说祭祖

———

在老北京人的习俗中，对"三节两寿"非常重视，所谓"三节"，就是五月初五端午节，八月十五中秋节，还有春节。

"三节"里，老北京人尤以春节最当回事儿，因为春节是农历的新年，过节就是过年。

怎么过这"三节"？每个节日都有丰富的民俗活动，但都离不开一个重要的内容，那就是祭祀。比如端午节要祭祀屈原，中秋节要祭祀月神，过年要祭灶王爷等等。但是在这些祭祀中，唯一不可缺少的是祭祀祖先。

"三节"祭祖的民俗，从夏商周三代一直传到现在，已经有几千年的历史了。毫无疑问，祭祖是过年的重要内容。

现在有句顺口溜儿：有钱没钱，回家过年。意思是说，在外谋生打工或定居他乡的人，不管贫富贵贱，过年得回老家。

回家干吗？除了看望父母，还有一件重要的事儿，那就是祭祖。

二

我小时候是跟我姥爷姥姥一起生活的，他们的老家是河北的安国，虽然在北京定居多年，但老家仍有不少亲戚。

印象中，每到过年的时候，老家的亲戚总要来北京，每次来都要带一些大枣、白薯干之类的土特产，姥爷则给他们一些钱。

小的时候不懂事，我以为姥爷给亲戚钱是扶贫或施舍，后来才知道这钱是求亲戚替他们买纸用的。姥爷姥姥岁数大了，过年回不了老家祭祖，所以求亲戚过年的时候，在祖宗的坟前替他们烧纸。

当然，姥爷在北京过年的时候，总是要祭祖的。一般是在腊月二十九，他便在自己住的正房，摆上供桌，把祖先的牌位摆好，再设"五供"（香炉一只，花觚和烛台各一对），然后再摆一些祭品。

大年三十晚上，我们这些晚辈在给姥爷姥姥拜年之前，先要到他摆的供桌前，给祖宗磕头，否则，姥爷的压岁钱是不会出手的。

依稀记得牌位上写的是姥爷的爷爷和奶奶，以及他的父母的名字。我对这些人名非常陌生，当然这些故去的人也从没见过，何况我还是外姓人，但姥爷依然严格恪守过年祭祖的家规，必须让我这个小孩儿过来给他们磕头。

在姥爷看来，没有他的老祖就没有他，当然没有他，也不会有我妈。没有我妈，哪儿来的我？所以他认为过年祭祖，是让晚辈不能忘了自己的祖宗。

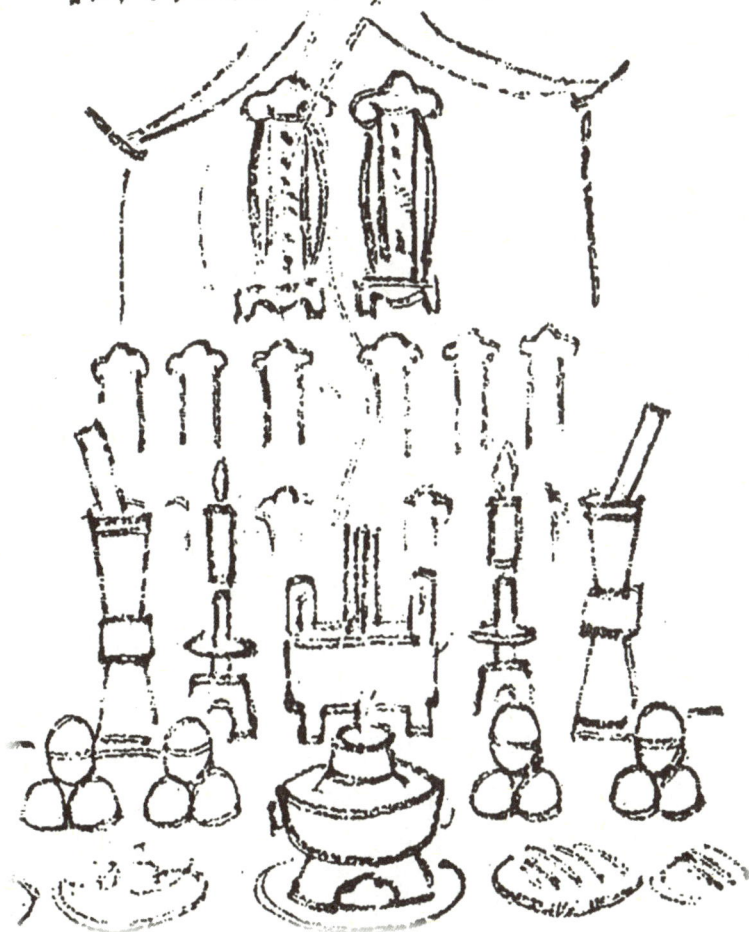

除了祭拜，姥爷在过年吃年夜饭的时候，还要给他的父母摆上碗筷，虽然他的父母早已过世，但他觉得摆上碗筷，犹如他们还在跟大家一起就餐。这些情景已经过去许多年，但现在依然历历在目。

三

祭祖是中国人过年的重要民俗文化，也是过年不可分割的情怀。

从远古的夏商周开始，祭祀就是人们生活的重要内容，也是中华传统文化的重要组成部分。祭祀的对象不仅有神灵，还有自己的祖先。

《周礼·考工记》中规定城池的设计，要"前朝后市，左祖右社。"

"左祖"就是皇上祭祖的地方，拿明清两代的帝都北京城来说吧，"左祖"是天安门左边的太庙，即现在的劳动人民文化宫。"右社"是天安门右边的社稷坛，即现在的中山公园。

当时不但皇帝有专门祭祖的庙堂，王爷府有专门祭祖的家庙，凡是有名望的大家族都有祭祖的祠堂。

慎终追远是中华民族的传统美德，也是中华优秀传统文化的重要组成部分。什么叫慎终追远？就是今天活着的人不能忘了自己的先辈，忘了自己的祖宗。

我们每个人不是从石头缝儿里蹦出来的，我们的生命是父母给的，父母的生命是他们的父母给的。假如没有他们，我们今天能过上好日子吗？所以，我们不能忘记自己的先祖。从这个意义上说，过年祭祖就是慎终追远。

有一次，我采访一位高僧，他问我："你知道什么是在天之灵吗？"

这句话把我给问住了。我望着茫茫天际，想了半天没有说出来。

他微微笑道："我们平常说的在天之灵，指的就是自己仙逝的列祖列宗。他们虽然远离我们而去，但他们时时刻刻在关心注视着后代子孙。"

这话让我顿时开悟，"难道我们后人祭祖是为了告慰在天之灵吗？"我问道。

"后代子孙祭祖，除了告慰在天之灵，也通过祭奠，求得他们的保佑。"高僧笑了笑说。

通过这位高僧我明白了许多祭祖的内涵，正因为祭祖文化的流传，各个家族才能传宗接代，中华民族才会繁衍不息。

四

过年祭祖的历史悠久，作为仪式，它是伴随着过年的习俗而产生的，虽然全国各地过年的习俗大同小异，但在祭祖这个环节还是有所区别的，比如祭祖的时间，有的地方是从腊月二十九就开始，一直到正月的初五，有的从大年三十开始，到正月的初一。

其实，这种祭祀指的是延续的时间，换句话说就是供桌摆放的时间。而真正的祭拜只有一个时辰。

当然这个祭拜的时间各地也是不一样的。比如河南是正月初一的五更；湖北是初一的天亮；台湾是初一的三更；北京是初一的子时。

与此同时，祭祀的方式是基本相同的，就是在除夕之前，家家户户要设立供桌，切忌供桌不能摆在明面儿，要设在背光或相对隐蔽一点的地方。

为什么呢？因为祖先是在天之灵，按民间的说法，他们生活在另一个世界（阴间），所以不能在阳面上露脸儿。

供桌摆好之后，家长（健在的长者）把家谱拿出来，将祖先的像和木制的牌位，按辈分高低摆上。一般是追远到五代，但有的家庭的上限是到曾祖父那辈儿，因为太远了，后辈人已经不知其名了。

摆好牌位后，安放香炉和供品，老北京通常的供品是三干三鲜或五干五鲜，三种或五种干果和新鲜的水果。水果通常不摆梨、山楂等，供品切忌用双数。

此外还有点心、米饭、枣糕等。有的地方叫"天地供"。老北京没有此说。但是吃年夜饭的时候，要在供桌上给祖先摆放碗筷，并且象征性地在碗里夹些鱼、肉、菜，初一吃饺子的时候，给祖先供桌上的碗里，象征性地放几个饺子。

供桌供品备齐后，老北京的家庭，在正月初一的子时，由家长主祭，一家老小相随。

主祭者先念祭文。祭文没有固定要求，由各个家庭根据情况撰写，没文化的人家可以念叨几句。总之，要把家庭在过去一年的情况，以及新的一年的愿望，向祖先"汇报"，祈愿和祈福。

念完祭文后，主祭要焚三炷香，叩三个头，祈求实现心中的美好愿望。他做完后，家里的其他成员按辈分和长幼，接着焚香叩头祈福。

在老北京，一般的家庭的祭祖仪式做到这里，就算结束了，但也有的仪式还要烧纸，俗称给祖先"送钱粮"。

在老北京的农村，有到坟地祭祖的。但到了民国以后，过年祭祖主要是在家里，而且仪式也有所简化，比如减去了念祭文的环节。

五

春节，是一年当中民间最主要的节日，过年的重要内涵是家庭团聚，辞旧迎新，祈福新年。所以自古以来，在过年的时候，祭祀祖先，告慰亡灵，成了年俗文化必不可少的主要内容。

但是，祭祖活动在"文革"中却遭到了毁灭性的打击，当时祭祖被列为"四旧"之一，一些人更是把祭祖视为封建迷信，认为烧香磕头都是"封建脑袋"，其实他们也不懂什么才是封建，什么才是迷信。

到20世纪七八十年代，北京人过年几乎没有多少人家祭祖了，年轻人也不懂过年祭祖的民俗了。

记得当年我在工厂当工人时，我的一位师傅每到过年，都要在家里把祖宗牌位摆上，上供烧香，祭祀祖先。这本来是悄么声儿的事儿，但不知哪位"思想觉悟高"的人，把这件事儿给捅到了车间领导那里。

车间领导是位大老粗，没念过书，也不懂什么叫祭祖，但他看过解放初期拍的一部镇压反动会道门的电影《一贯害人道》，认准我的这个师傅烧香祭祖是"一贯道"。您想都"一贯道"了，那滋味儿能好受得了吗？

多亏车间领导还算开恩，在车间里开了几次评判会，让我师傅做了几次检查，这档子事儿内部处理了。

倘若碰上"更革命"的头儿，以"一贯道"的罪名，把我师傅给送进"局子"，按当时的政治形势，得让他在牢里啃几年窝头。

您会问了，祭祖在当时有这么大的罪过？那还有什么新鲜的？那会儿，只要一沾这个"祭"字，都有"封建迷信"的嫌疑，当时死人的花圈上都得写"奠"字。

其实，祭祖跟封建迷信没有一毛钱的关系，跟什么"一贯道"，更是风马牛不相及。

不过，这么一折腾，祭祖这一有着悠久历史意义的文化，却被人们所淡忘了。

六

慎终追远是人类共同的美德。西方国家为此专门设立了感恩节。让人们不忘在生命中帮助过自己，有恩于自己的人，当然也包括自己的父母和先祖。

中国人对有恩于自己的人，非常重视感恩戴德，俗话说：滴水之恩，涌泉相报。但是，近年来，受西方文化的影响，现在许多年轻人知道有感恩节，却不知道中国人过年要祭祖的传统。说起来有点儿数典忘祖的意味，实在让人心寒。

　　每当在报纸和电视新闻里，看到子女不孝，家庭失和，老人去世后兄弟姐妹之间为争遗产反目成仇的报道，我便想到世风日下，家庭缺少凝聚力的问题。为什么现在的社会生活缺少感恩情怀？这跟丢掉祭祖的习俗有很大关系。

　　好在近几年，祭祖文化受到了社会各界的重视。祭祖，特别是过年祭祖又被人们重新提起并加以恢复。国家领导人在重要讲话中，也提及"落其实者思其树，饮其流者怀其源"的观念。

　　由此看来，提倡和恢复过年祭祖的传统，这种慎终追远对营造和谐社会的意义不可忽视。

　　老北京人大多住在胡同的四合院或大杂院，通常是三世同堂或四世同堂，一大家子人住在一起，过年祭祖比较方便，而且像过年吃饺子一样，已经形成非常正常的年俗。

　　现在的城市家庭已经简化，年轻人成家后，一般都跟父母分着过，平时工作忙，只有到节假日才有机会跟父母团聚。

　　由于平时跟自己父母接触少，对自己家族的情况知之不详，有的年轻人由于爷爷奶奶去世早，自己生下来也没见过，甚至连他们的名字可能都不知道。由此可见过年祭祖的必要。

　　话又说回来，如果一个人不知道自己的曾祖父（太爷）或者再往上，还有情可原，因为离自己太远，但是爷爷、奶奶、姥爷、姥姥的名字总应该知道。这就得通过祭祖来认识了。所以说，过年祭祖也是家庭传统教育的无声课堂。

　　随着城市家庭人口的简单化和互联网时代的特点，祭祖可以有不同的形式，比如一个家庭的成员住得比较分散，那么可以由一个家庭的主要成员，在家里设立祭祖供桌，其他成员过年到他家去祭祖。

此外，年轻人可以在网上，组织自己的家族成员集中祭祖等等。

总之，过年，在辞旧迎新的时候，一定别忘了慎终追远，不能把祭祖的传统给丢喽。